ギャップ、時々、溺愛

クールな社長が私だけに見せてくれる本当の顔

★

ルネッタブックス

CONTENTS

Lunetta

第一章　夜のブランコ

十一月も終わりに近づくと、風が急に冷たくなってくる。

塚原芽唯《つかはらめい》は、朝の渋谷《しぶや》を歩きながらコートの襟を右手でぎゅっと握った。

ＪＲ渋谷駅から徒歩九分。花嬉《はなき》グループ株式会社の本社ビルは、近年このあたりのランドマークとして名を馳《は》せている。

芽唯が花嬉グループに入社したのは、三年前の春。

研修を終えて秘書課に配属されたとき、芽唯自身も驚いたが、オリエンテーションで同じグループだった皆も信じられないと目を瞠《みは》ったものだ。

芽唯は、明るく元気で、立ち直りが早い。

たしかにその点においては自信がある。だが、それだけだ。

都内のそこそこな私立大学を卒業し、まあまあなポジティブさとほどほどの顔立ちの芽唯が、社員たちの憧れである秘書課に配属される理由がわからなかった。

三年目の今でも、理由はわからない。上司が配属先を間違えた説が、芽唯の中では有力である。

とはいえ、三年目。三年も働いていれば、自分の居場所も確立されてくる。

花嬉本社ビルを見上げて、芽唯は冬の気配を大きく吸い込んだ。

よし、と心の中で、気合いを入れる。

——今日は帰ったら、駅の反対側にあるスーパーに行ってみよう。そろそろ近所の探索もしなくちゃ。

シーズンとは無関係に、芽唯は先日引っ越しをしたばかりだ。前のマンションの更新時期でもなかったが、とある事情により急な決断をしたのである。

「塚原さん、おはよう」

うしろから声をかけられて、ハッと振り返った。

秘書課の先輩で、芽唯の研修担当だった五年目の先輩社員、朝日香織《あさひかおり》が立っている。

香織は、長い黒髪をいつもきれいに編み込みし、メイクもネイルも完璧な、いわゆる秘書らしさ抜群の人物だ。

研修のときに世話になったこともあり、芽唯は彼女を理想の秘書と感じている。

「朝日さん、おはようございます！」

「今日も元気だね。ふふ、塚原さんといるとこっちも元気になる」

品よく微笑《ほほえ》んだ香織が、「一緒に行きましょう」と芽唯をうながした。

背筋を伸ばした彼女の髪は、耳の高さで一度結んでから裏編みを三段して細いリボンで留《と》めてある。サイドの後れ毛も計算され尽くした角度で、くるりと毛先が巻かれていた。

――それにくらべてわたしは……。

芽唯は、ここ数年前髪ありのボブを貫いている。

長さは季節によってまちまちで、夏は首筋が暑いときにまとめられるよう少し長め、冬はマフラーで髪型が崩れないよう少し短めにするのが定番だ。

そろそろ、前回のサロンから四週間になる。予約を入れないと、十二月が忙しいのは目に見えていた。

「そういえば塚原さん、アイメイク変えた？」

「あ、はい。この前朝日さんが教えてくれたシャドウパレット買ったんです。ひと塗りでグラデができるの」

「うんうん、とっても似合ってる。塚原さんらしい、ラベンダーかわいいね」

くすみパープルをメインにしたアイシャドウに、ダークブラウンでアイライナーを引く。

まつ毛パーマは、あまりやりすぎず、適度に。

メイクのお手本は、秘書課の先輩たちだ。

大学時代はなんとなくメイクをしていたけれど、こういうふうにしたいと目標を持って描くメイクは理想と現実がはっきり見える。

――わたしの理想は、朝日さんなんだ。

あらためて、それを実感する。こうなりたい。こんなファッションに憧れる。同時に、そうなれない現実を突きつけられるのだ。

たった二年の差が、永遠に埋まらない。

――朝日さんは、もともとお嬢さまだっていうし。わたしと違うのは当然なの。わかってる！

生まれ育った家庭まで考えたら、ふたりの差は二年では済まない。

「朝日さんみたいになりたかったです」

「どうしたの、急に？」

「えへ、つい本音が」

「わたしも、塚原さんみたいに元気よくなりたかったよ。お互いに、ないものねだりだね」

そして今日も、優しい先輩はふんわりと微笑む。

明るく元気で、立ち直りが早い。

塚原芽唯は入社から三年経《た》って、今もまだ周囲からそう思われているらしかった。

大人の女性らしさを手に入れるのは、なかなかもって難しい。

芽唯の働く花嬉グループは企業名こそ花嬉だが、世に多く知られているのはショッピングサイト『ＨＡＮＡＫＩ』の名だろう。

もとは一九九九年にインターネットサービス会社として、当時二十一歳の大学生が起業したのが始まりだ。芽唯と花嬉は同じ年の生まれである。

二〇〇〇年のＩＴ革命前後で、国内にはインターネット関連の会社が一気に増えた。その中でも、プロバイダーとしてＨＡＮＡＫＩは頭角を現し、のちにネット通販の先駆けともなるショッピングサイトを立ち上げ、ＥＣモールの黎明期《れいめいき》から最前線を走り出し、今では押しも押されもせぬ有名企業となった。

ＥＣモールとは、いわゆるインターネット上のショッピングモールだ。複数の企業やショップ、個人が出店していて、ユーザーはそのサイト内で好きに買い物ができる。

毎月、ポイントアップキャンペーンや様々な特典を用意し、買えば買うほど得をすると感じさせるフェアを実施する。

そこから派生して、クレジットカードはＨＡＮＡＫＩカード、ＨＡＮＡＫＩ銀行、ＨＡＮＡＫＩ証券、電子マネーならＨＡＮＡＫＩペイなど、いわゆるフィンテックサービスにもＨＡＮＡＫＩは進出した。

近年ではモバイルサービスでも大手通信事業者より格安のプランを用意し、携帯キャリア事業も充実してきている。

現在は、芽唯が通う渋谷本社のほか、都内に三拠点、国内に二十の支社、さらに国外に十六の支社を有するほどだ。国内では向かうところ敵なし。ＥＣモール事業のみならず、インターネットサービスを行う企業としては絶対王者として君臨している。

それもあって、ＨＡＮＡＫＩの――正しくは花嬉グループの若き社長である花木優心《はなぎゆうしん》は、インターネットサービス界隈《かいわい》において帝王と呼ばれるほどだ。

花嬉の創業者で前社長である花木優馬《ゆうま》が七年前に夭逝《ようせい》したのち、歳の離れた弟の優心が後継者となって躍進を遂げた。

だが、彼が帝王と呼ばれるのは花嬉グループの実績だけではなく、彼自身の魅力による部分も大きい。

弱冠三十一歳で社を率いる優心は、クールで理知的、眼力鋭い美貌の青年だ。

感情を決してあらわにせず、何ごとにも動じることない傲岸不遜な態度から、時代の寵児《ちょうじ》は帝王の名をほしいままにしている。実際、そんな呼ばれ方をされたいとは思っていなそうだが――。

社外では帝王と呼ばれ、美しい顔立ちでＳＮＳに画像の出回る花木優心。最近、とあるｗｅｂマガジンで特集されていた『女性が本気で結婚したい社長ランキング』では堂々の一位を獲得していた。

しかし、外では絶大な支持を受ける優心だが、秘書課においてはさして人気がない。

というのも、あまりに雲の上の人すぎて一緒に仕事をしたくらいではお近づきになれそうにないのと、愛想笑いのひとつもしない無表情に先輩秘書たちは心が折れてしまったらしい。

ちょうどそんな時期、芽唯は秘書課に配属された。

そして、元気で明るく立ち直りの早い芽唯ならば、社長の無関心で冷たい態度に傷つかないのではないかと課長が判断した。

一年目はベテランの先輩秘書とふたりで、二年目からはひとりで社長秘書を担当している。

「おはようございます、社長。本日は寒い一日になりそうです。社長の一日のご予定ですが、午前中はHANAKI銀行の頭取のアポイントメントが入っています。木内《きうち》専務とのランチミーティングを挟んで、午後は十三時半から来期の予算会議にご参加いただき、十六時からアメリカ支社の支社長とリモート会議、終了は十八時のご予定です」

タブレットを片手に今日の予定を読み上げる。

朝いちばんの仕事は、社長室でスケジュールの確認をすることだ。

――さて、今日の花木社長は……。

少し中性的な細面《ほそおもて》の輪郭に、艶やかな黒髪。秀でたすべらかなひたいの下に、眼光鋭い切れ長の目をかすかに伏せ、彼はどこか気だるげに息を吐く。

――うん、いつもどおり！

優心のもとで働くようになって三年目、いまだに芽唯は彼の笑顔を一度も見たことがなかった。

おそらく朝はあまり強くないのだろう。

芽唯の運んできたコーヒーが、デスクでふわりと湯気を立てている。

コーヒーを飲む前は、かすかな倦怠感《けんたいかん》とともに。

そしてコーヒーを飲み終えると、アンドロイドのように仕事に取り掛かる。

それが、芽唯の見てきたいつもの花木優心だ。

「ランチの店は？」

「青山の蒼兆《そうちょう》をご予約いたしました」

ランチミーティングは、夜の食事会にくらべて時間に限りがある。

なので、会席やコースではなく、手早く出てくる御膳タイプを注文するのが定番だ。

「予算会議の資料は、先週届いていたのが最新版で間違いないか？」

「はい。クラウドに保存をしてございます」

「塚原さん」

唐突に名前を呼ばれて、芽唯はタブレットから視線を上げる。

「リモート会議は長引く可能性があるから、定時で帰って結構です」

「かしこまりました。お帰りの車の手配はいかがされますか？」

「一応、十八時半で手配をしてください。変更があれば、私のほうで連絡をしておく」

「はい、そのようにご用意いたします」

いくつかの確認のあと、会話はぷつりと途絶える。

これもいつもどおり。優心は、無表情にデスクのコーヒーを口に運んだ。

挨拶をして社長室をあとにすると、役員フロアの廊下で芽唯はほっと息を吐いた。

――はー、今日も社長の表情筋はぴくりともしない。

完璧すぎる美貌の人が常に無表情でいるというのは、なかなかに息の詰まる環境である。

特に相手が自社の社長ともなれば、緊迫感は計り知れない。

優心と仕事をしていて、百戦錬磨の先輩秘書たちが彼の担当を敬遠するのもなんとなくわかる。

でも、これは仕事だ。

芽唯だって、いつも無表情で何を考えているかわからない人とプライベートで親しくはできないけれど、仕事相手としては優心は別に嫌なことをしてくるわけではない。

大手有名企業の社長秘書として働いていても、たまに昭和的なセクハラ発言をしてくる客人だっている。

自分の部下を怒鳴りつけたり、嫌みを言ったりする、他社の役員だって見てきた。

それにくらべれば、芽唯のボスは顔がよすぎて感情が見えにくいだけだ。

廊下を歩いて、給湯室へ向かう。

役員フロアはほかの事業部と違って、いつもしんと静寂に包まれている。

「そうそう、今日のアポは銀行の頭取サン。いいお茶を淹《い》れてあげようっと」

ポジティブな性格のほかに、芽唯が役員秘書として重宝される理由が、もうひとつだけあった。

上客相手のお茶の準備である。

両親が共働きだったため、芽唯は幼少期を祖母と過ごした。

日舞の先生だった祖母は、お茶を丁寧に淹れる。

お稽古のあとに生徒さんたちに、お菓子とお茶を出して歓談するのが好きな人だった。

小さいころから祖母のお教室を見学していた芽唯は、日舞ではなくそのあとのお茶会が大好きで、祖母にならってお茶を淹れることに興味を持った。

そして今。

上客用のお茶を淹れたあとに、自分のぶんもお茶を用意するのが何よりの楽しみになっている。

会社で準備するお茶は、茶葉からして普段自分では買えない高級品だ。

お茶は、ただ高級であればいいというものではない。

けれど、茶葉による差というのは淹《い》れ方《かた》だけで埋められるものでもないのを知っている。

――何にしようかな。八女《やめ》のお茶か、それとも……。

ご機嫌で廊下を歩いていく芽唯は、今にもスキップをしそうな軽い足取りだった。


　一日の仕事を終えると、芽唯は速やかに帰宅の準備を整える。

以前は先輩たちと食事をすることもあったのだが、引っ越しを終えたばかりというのもあって、最近は定時上がりでそのまま帰るようにしていた。

予定外の引っ越しは出費がかさむ。

それに、まだ荷解《にほど》きが全部終わっていないのだ。

だから、お金と時間の節約のためにも、渋谷近隣での夕食は避けがちになっていた。

「塚原さん、もう帰る？」

「はい。お先に失礼します」

秘書課のチーフで、面倒見のいい日比野由香里《ひびのゆかり》に声をかけられ、芽唯は軽く頭を下げた。

「そういえば、来週の食事会どう？　今回はなかなか豪華なメンツの予定だけど」

秘書課では、合コンという単語は使わない。暗黙の了解で、誰もが『食事会』という言い方をする。

有名企業の秘書課と合コンしたがる他社の男性は少なくない。

つきあいで何度か参加したこともあるけれど、芽唯はあまりその手の出会いの場が得意ではなかった。

「お誘いありがとうございます。でも、今はまだいろいろありまして。すみません！」

「ああ、そうよね。いいのいいの、また今度、落ち着いたころに声をかけるわ」

秘書課の先輩たちは、芽唯が引っ越しをした理由を知っている。

それもあって、心配するような表情で由香里がぽんと肩をたたいて微笑んでくれた。

――前のマンション、気に入ってたんだけどな。

就職前の三月から二年半ほど、芽唯は京王《けいおう》線調布《ちょうふ》駅から徒歩六分のマンションに暮らしていた。

駅からマンションまでの間にスーパーやドラッグストア、ひとりでも気軽に入れる飲食店、そしてお気に入りの公園があった。

何もなければしばらく住み続けたいと思っていた部屋だったのだが、今はもうあの部屋を離れている。

二年ごとの更新なので、今回の引っ越しは更新料も無駄になり、かなりの痛手だ。

新居は同じく京王線沿線の仙川《せんかわ》駅を選んだ。

職場のある渋谷までは、明大前《めいだいまえ》駅で京王井の頭《いのかしら》線に乗り換える。利便性は高い。

調布より少しだけ新宿《しんじゅく》に近くなったけれど、特急が止まらない駅なので乗車の時間はさして変わらない。

それでも、引っ越さなければいけない理由があった。

今年の四月、調布のマンションの隣室に、佐々木《ささき》という男性が引っ越してきた。

偶然、彼の引っ越しのときに顔を合わせて挨拶をし、二言三言会話を交わした。それ以上の交流はなかったのだが――。

ゴールデンウィークが明けたころから、ゴミ出しのときに妙にタイミングよく隣のドアが開くようになった。

マンションの八階に住んでいたので、エレベーターでかならずふたりきりになる。

話しかけられれば、芽唯だって返事をしないわけにはいかない。

「毎週、ゴミの日に塚原さんに会えるのが楽しみなんです」

そう言われて、かすかな恐怖を覚えた。

七月になるころには、ゴミを出す時間をあえてずらすようになった。

ゴミの日の前夜、二十一時からゴミ置き場は利用できる。なので、夜のうちにゴミを捨てることにしたのだ。

すると、相手も同じ時間を狙ってくる。時間をずらす。また同じ時間になる。その繰り返しに、恐怖は確信へと変わった。

そのころになると、マンションの集合ポストに違和感を覚えることが増えた。

なぜか芽唯の部屋のポストだけ扉が開いていたり、中身がぐしゃぐしゃにされているのだ。

——引っ越したほうがいいのかもしれない。だけど、今年の春に更新したばかりだし……。

東京でひとり暮らしをする芽唯には、引っ越し費用は決して安いものではない。

安全には代えられないとわかっていても、少なく見積もって三十万円の出費は定期預金を崩さなければ難しかった。

ゴミを捨てに行ったあと、同じエレベーターで八階に戻らなくていいよう、コンビニエンスストアに行くことにした。

集合ポストには鍵をつけて、自分以外開けられないように。

自衛で対策できることもあるはずだ。

そう信じてやってきた、十月のある日。

同期の飲み会で具合が悪くなってしまい、営業部の男性にマンションまで送ってもらった。

芽唯を待っていたかのようなタイミングでエントランスにいた隣人は、急に激昂《げっこう》し、怒鳴りつけてきたのだ。

「僕があんなに優しくしてやったのに、ほかの男を連れてくるとはどういうつもりだ！　身持ちが悪ければ、頭も悪いのか！　絶対に許さないぞ。僕をコケにして、平気でいられると思うなよ！」

もっとひどいことを言われたけれど、思い出したくない。

まだ危険な目にはあっていない。だから、大丈夫。

ずっと自分にそう言い聞かせてきたが、もう限界だと思った。危険な目にあってからでは、時すでに遅し。その前に逃げなくてはいけない。

かくして、芽唯は急いで転居先を探すことになった。

以前の隣人と離れるためならば、別の路線に引っ越すことも検討したのだが、彼はたしか「職場は八王子なんだよね」と話していた。

つまり距離的にさほど離れていなくとも、調布駅からくだり電車に乗る彼と、仙川駅からのぼり電車に乗る芽唯に接点はなくなる。

家賃相場を考えても、京王線はＪＲにくらべてお財布に優しい。

芽唯は悩んだ末に仙川のマンションを選んで、十一月第二週に引っ越しを終えたばかりである。

急行八王子行きを降りて仙川駅の改札を出ると、時刻は十九時をまわったところ。

芽唯は冬の空気を吸い込んで、夜空を見上げた。

今夜は雲ひとつなく、遠く星が輝いているのが見える。

まだ時間も早いし、少し遠回りして駅の反対側を歩いてみようか。そんな気分になってきた。

スマホで検索をすれば、近隣の公園はすぐに調べることができる。

だけど、なんとなく知らない街を歩いてみたい。デバイスに頼らず、自分の足でこの街を知っていきたい気持ちがある。

——たまには、いいかな。

駅前のファッションビルや飲食店を越えて歩いていくと、次第に住宅街が広がっていく。

戸建てや集合住宅を眺めつつ、どこかに公園はないか、芽唯は周囲に気を配って歩いた。

「あ、あれってもしかして」

見つけたのは、公園ではなく打ちっぱなしのコンクリートのビルにかかる、古びた丸い看板だ。

仙川駅の近くには、行列で有名なベーカリーがあると聞いていた。

芽唯が仙川に引っ越すと言ったときに、憧れの先輩である香織が教えてくれたのである。

たしか名前は——。

近づいて見上げると、店名も間違いない。香織から聞いていた店はここだ。

コンビニエンスストアの向かいに建つ、小さなベーカリー。

ほのかなノスタルジーと、現代アートのような洗練された雰囲気を併せ持つ店も、この時間はCLOSEDの札がかかっている。

――今度、来てみよう。営業時間の一時間前には並ばないと、人気の食パンは買えないって朝日さんが言ってた。

シャッターに書かれた営業時間を確認し、明かりを放つコンビニを振り返った。

すると、ベーカリーに目を奪われていて気づかなかったが、その奥にフェンスで囲われた公園が見える。

近づいてみれば、なかなかに広そうだ。

遊具が何種類か設置され、砂場の手前に置き去りになった三輪車が月光を浴びていた。

フェンスの途切れた入口に、公園のルールという立て札がある。

芽唯はバッグを肩にかけたまま、ローヒールでまっすぐブランコへ向かう。

小学校低学年のとき、大好きな祖母が怪我《けが》をした。左足首を骨折して、手術のために二週間ほど入院を余儀なくされたのだ。

芽唯にとって、祖母は帰る場所だった。

父と母も大好きだが、毎日学校が終わるとマンションから走って五分の祖母の家に通っていたのである。

両親が帰ってくるのは早くて十九時ごろなので、祖母宅で夕飯を食べ、お風呂に入る。日によっては、祖母のふとんで一緒に寝ることもあった。

そんな、芽唯にとってはいてくれるのが当たり前の祖母が、二週間もいない。

父と母が交代で早めに帰ってきてくれてはいたものの、学校から帰宅して誰もいない部屋でひとり過ごす夕方はひどく寂しかった。

普段なら祖母のお稽古を眺め、お茶を一緒に楽しみ、夕飯作りに台所に立つ。

夕食のあとは、和室の座卓で宿題をして、国語の教科書の音読を聞いてもらう。そんな時間だったのに。

手持ち無沙汰から、芽唯は子どもたちの声に導かれて公園へ向かった。

近所の顔見知りのおばさんが子どもを連れてきていたり、同じ小学校の子たちが遊んでいたり、誰かが声をかけてくれて遊びの輪に入れてくれた。

けれど、それも十七時までだ。

公園の大きな時計の針が十七時を指すと、誰もが家に帰っていく。

芽唯は誰もいなくなった公園で、ブランコをこいでいた。

夕闇が次第に広がり、つま先から孤独が体を這《は》い上がってくる気がした。

「……おばあちゃん」

声に出したら、いっそう寂しくなって、怖くなって。

だけど、迎えにきてくれる人はいない。

十八時には帰るからね、と母は今朝言った。

それまでまだ、一時間近くある。

——お母さんが帰ってくるまで、ここにいよう。

ひとりはいやだと、泣いてわがままを言うには芽唯は物わかりのいい子どもだった。

だんだん暗くなっていく公園で、芽唯がブランコをこぐ音だけが、きい、きい、と小さく軋《きし》んで響く。

気づけば、ブランコが止まっていた。

砂地にふたつのスニーカーを見つめて、芽唯は奥歯を噛《か》み締《し》める。

あとすこし、もうすこし。

そうしたら、おうちにかえろう。

「ねえ、きみ」

そこに、突然優しい男の人の声が聞こえた。

パッと顔を上げると、スーツを着た若い男の人が立っている。

左手に仕事用のバッグを持ち、ピカピカに磨いた革靴で、公園とはそぐわない格好だ。

「こんな遅くまでひとりで公園にいたら危ないよ？　学校で、教わらない？」

知らない人に声をかけられても、ついていってはいけません。

学校では、そう教えられている。

芽唯はビクッと肩を震わせ、知らない青年を訝《いぶか》しげに見つめた。

——だけど、このおにいさん、優しい顔をしてる。悪い人には見えないけど……。

「ごめん、急に声をかけたから怖がらせたね。でも、それが賢いよ。知らない人に話しかけられたら、返事はしないほうがいい。あとは、暗くなる前におうちに帰らないとご家族が心配するよ」

「……おうちに、誰もいないもん」

声と一緒に、涙がこぼれた。

彼が悪い人だったら、さらわれてしまうかもしれない。

頭ではわかっているのに、寂しさのほうが強かった。

話しかけてくれた優しそうなおにいさんに、つい本音が漏れる。

「そうなの？　きょうだいは？」

「いないよ。ひとりっこだから」

しゃくりあげる芽唯に、そっと水色のハンカチが差し出された。

驚いて顔を上げると、青年は「どうぞ」と微笑む。

「僕もね、弟がいるんだ。きみよりもっと大きいけど、子どものころブランコが好きで、遅くまで帰ってこなくて心配したな」

ハンカチで涙を拭くと、柔軟剤のやわらかな香りがした。

「なんさい?」

「弟は今、中学一年生。さすがにもう、お兄ちゃんとは遊んでくれなくなっちゃったけどね」

「昔はいっしょに遊んだの?」

「そうだね。たまに家出して、僕が探しにいったんだ。ほら、あそこにも土管があるでしょ。ああいう公園の土管に隠れてたのを見つけて家に連れて帰った」

「どかんの、なか……」

芽唯より小さな男の子が、土管の中に隠れている姿を想像する。

なんだか愛らしくて、自然と頬《ほお》が緩んだ。

「あ、元気出てきたね。おうちには、何時ごろに家族が帰ってくるの？」

「十八時に会社を出るからねって」

「じゃあ、そろそろ帰って待っていてあげるといいよ。きみがいなくて心配する顔を見たくないでしょ？」

素直にうなずいて、芽唯はブランコから立ち上がった。

「ハンカチ、汚れちゃった。ありがとうございます」

「どういたしまして。あのね、ハンカチって汚れるためにあるんだよ。きれいなままだったら、ハンカチは仕事を果たせないんだ」

「ハンカチの仕事？」

「そう。僕にも仕事があるし、きみにもある」

「芽唯にも？」

「うん。大事な家族と仲良く幸せに暮らすことだよ」

気をつけて帰ってね、と青年が右手を振る。

芽唯は彼をあとにして、公園の入口まで一目散に走った。

それから、ぴたりと足を止める。

振り返ると、彼はまだ同じ場所で芽唯を見送っていた。

「おにーさん！」

「どうしたの？」

「また、公園に来る？」

夕日の中で、彼が少し考えるのがわかった。

「うん、また来るよ。もう少し早い時間にね」

「わかった！」

なんの約束をしたわけでもないけれど、それからときどき、彼は公園にふらりと姿を見せた。

何度か会ううちに、彼は『ゆうま』という名前だと教えてくれた。

「芽唯ちゃん、こんにちは」

スーツ姿の男性が、公園で芽唯と遊んでくれるのはなんだか不思議だった。

「あのね、芽唯のおばあちゃん、もうすぐ退院するの。そしたら、ゆーまおにーさんに会える？」

「僕と、おばあさんが？」

「うん」

「芽唯ちゃんのおばあさんなら、会ってみたいけど……」

なぜか、彼は歯切れが悪い。

祖母のいない間、芽唯と遊んでくれた人だ。祖母にも紹介したいと思った。

けれど彼は、「ごめんね」と言った。

「実はね、僕はもうすぐ海外に一年行くんだ。だから、芽唯ちゃんのおばあさんに会うのは難しいかもしれない」

「えっ、おにーさん、いなくなっちゃうの？」

「うん」

「……もっといっぱい遊びたかったな」

「僕もだよ。芽唯ちゃんみたいな娘がいたら、かわいいだろうなって思ってた」

「えー、おにーさんじゃなく、お父さんなの？」

「そりゃ、年齢を考えたらそうだよ」

芽唯には、大人の男性の年齢はよくわからない。

二十歳は越えているように思うが、もしかしたらもっと大人なのだろうか。

祖母が退院したら一緒に会いたかったけれど、青年とは以降二度と会えなかった。

彼がどこの国へ行ったのか、芽唯は知らない。

どんな仕事をしていて、なんという名字なのか、ゆうまとはどんな字を書くのかも聞かなかった。

ただ、ほのかな優しい記憶が胸に残っている。


——今思うと、知らない大人の男性と公園で話していたなんて心配されてもおかしくないことだけど、あのときはわたしにとって夕暮れを一緒に過ごす友だちみたいな人だった。


夜の公園でひとり。

芽唯はブランコに腰を下ろしてみる。

スカートが汚れるかもしれないなんて、気にしない。

隣人にストーカー行為をされるようになった時期から、マンションに帰りにくく感じるようになっていった。

そのときから、芽唯は夜のブランコで時間をつぶすようになった。

ブランコをこいでいるときは、無心になれる。

とにかく高いところへ。

どこか前へ進むのではなく、ただ上へ、高く高く。

ここからどこへも行けないからこそ、ブランコをこぐ。

——あー、気持ちいい。風は冷たいけど、それがまた気持ちいい！

チェーンをつかむ手が冷たい。ヒリヒリするほど、指先が冷えていた。

この時間の公園は閑散としている。それは、どこも似たりよったりだと思う。

たまに、中高生のカップルがベンチにいることもあるけれど、今夜はいない。思いきりブランコをこいでも怪しまれる心配もない。

もちろん、芽唯だって危険を考慮して、比較的人通りの多い、明るい公園を選ぶくらいの思慮はある。

ここの公園も駅からさほど離れていないし、住宅街なのでわりと明るい。

二十分ほどブランコを堪能して、芽唯は公園をあとにした。

自宅マンションまで帰り着くと、コートのポケットに入れておいたはずの鍵がない。

「えっ、もしかして」

——ブランコに乗っているときに、落ちた!?

慌ててマンションの階段を駆け下りて、先ほど歩いて帰った道を逆走する。

公園まで戻るころには、汗だくになっていた。

浅い呼吸を繰り返しながら、公園内に足を踏み入れる。

すると、ブランコに人がいるのに気づいた。

うつむきがちの男性だ。顔は見えない。

反射的に、あのときのお兄さんだ、と思った。雰囲気が似て見えたのだ。

「あ、あのっ……！」

声をかけると、男性がゆっくり顔を上げる。

「え……？」

顔を上げたその人は、幼い日に出会った青年ではないけれど、見覚えのある人物で。

——嘘《うそ》でしょ？　どうして？

芽唯は考えるよりも先に、彼を呼んでいた。

「社長っ!?」

そこにいたのは、いつもきちんとセットしている髪をラフに下ろした美しい顔立ちの男性。

芽唯の会社の社長である花木優心にほかならなかった。

「……っ」

驚く芽唯の前で、優心は取り乱した様子でブランコから立ち上がる。

「あの、待ってください。わたし……」

呼び止める声に振り向くことなく、彼は長い脚で公園を横切って去っていった。

——社長が、ブランコに……？

自分も同じようなことをしていたのだと、話してみたい気持ちがあった。

だが、それすら聞いてくれることなく彼は去ってしまった。

「……鍵、やっぱりここにあった」

ブランコのうしろに落ちたキーホルダーを拾って、小さく安堵《あんど》の息を吐く。

見上げた空に、白い月。

今夜はなんだか不思議な夜だ。

けれど、立ち去るときに優心の耳が赤くなっていたのを芽唯は見逃さなかった。

* * *

翌朝、目を覚ますと雨音が聞こえていた。

昨晩の空には雲がなかったのに、夜の間にどこかから雨雲が到来したのだろうか。

雨で電車が遅延することを考慮し、いつもより十分早く家を出る。

会社に到着するころには、雨脚はだいぶ弱まってきていた。

「塚原さん、おはよう」

「おはようございます、朝日さん」

先輩たちと朝の挨拶を交わして、準備を整えるとタブレットを片手に社長室へ向かう。

昨日の今日で、どんな顔をすべきか悩ましくもあるけれど、何ごともなくいつもどおりに振る舞うのが大人のマナーだ。

――平常心、平常心。

ノックを二回、中から「どうぞ」の返事を待って、芽唯は社長室のドアを開けた。

「おはようございます」

左脇にタブレットを挟み、湯気の立つコーヒーを載せたトレイを手にした芽唯は、正面のデスクに陣取った優心の顔を見て逃げたくなる。

いつも無表情のはずの社長が、眉間にしわを寄せているではないか。

――う、平常、心……。

絶対に余計なことは言うまい。

心に誓って、まずは彼のデスクにいつもどおりコーヒーを運んだ。

「本日の予定につきまして、ご説明いたします。午前中は書類の確認と押印をお願いいたします。午後は、コンサルタントの麻宮《あさみや》さんがいらっしゃいますので、再来年度の方針について予測検討会が実施されます。また十五時からは――」

説明を終えて、一秒でも早く社長室を出ていこうとすると、

「塚原さん」

芽唯を呼び止める声が聞こえた。

「はい。なんでしょうか」

秘書課ではいちばんの新人といえども、芽唯だってこの仕事を三年も務めている。

ポーカーフェイスとはいかないが、それなりに笑顔を取り繕うのはお手の物だ。

「……きみは、引っ越しをしたと言っていたが」

重い口調で優心がそう言った。

昨晩のことを確認している、とすぐにわかる。

「ええ、仙川駅の近くに引っ越しました」

「そうか」

彼はそれだけ言うと黙り込んで、何かを決心したように目を閉じた。

さて、自分はここにとどまるべきか。出ていくべきか。

逡巡《しゅんじゅん》する芽唯の耳に、「引き止めて悪かった」と優心の声が聞こえてくる。

「失礼いたしました」

芽唯は社長室を出て、役員フロアの廊下をぼんやり歩き出した。

——社長、何か言いたげに見えた。昨晩、公園で会ったことは誰にも言わないように、とか？

特に口止めされなくても、芽唯は言いふらすつもりはない。

ただ、もしも、彼が芽唯と同じように夜の公園でブランコに乗る趣味を持っているのなら——。

そこまで考えて、続きをあえて断ち切った。

相手は大企業の社長で、インターネットサービス界隈の帝王だ。

仕事以外で彼と関わる必要はない。相手もそれを求めていないから、はっきりと問いかけてこないのだろう。

「うん、切り替えよう」

小さくひとりごちて、芽唯は廊下を歩いていく。

今日は来客がないからおいしいお茶は飲めないな、なんて考えながら。

以降、優心は公園で会ったことについて口にすることはなかった。

芽唯も何も言わず、ふたりはただの社長と秘書の関係を維持している。

十一月は静かに終わりを迎え、十二月がやってくる。

クリスマスの気配が、世界を包み始めていた。

・……┃……・……┃……・

引っ越しから一カ月近く過ぎて、やっと新居の片付けも終わった。

前回の引っ越しをしたときは、まだ入社する前だった。社会人になってからの引っ越しは、時間の工面に苦労するものだという学びも得た。

十二月六日、金曜日。

花嬉本社ビルでいつもと同じく定時を迎えた芽唯が帰り支度を始めたときに、既婚の先輩社員から声をかけられた。

「塚原さん、もう仕事終わった？」

「あ、はい」

彼女は分厚いバインダーを二冊、両手で抱えている。

これは間違いなく残業を頼まれる、と芽唯は覚悟を決めた。

今週一週間の疲労を背負い、できることならば早々に帰宅したい。

金曜日の社会人は、たいていそう感じているものだ。当然、芽唯だってその気持ちはある。

しかし、先輩が困った顔をしているのも現実だ。

「ごめんなさい、塚原さん。子どもが熱を出して、学童から連絡があったの。申し訳ないんだけど――」

「わかりました」

頭を下げる先輩に、芽唯は業務内容を説明されるより先に返事をする。

彼女が悪いわけではない。まして、彼女の子どもが悪いなんて思うはずもない。

子どもが熱を出すのは仕方のないことだ。

――お母さんも、わたしが具合を悪くすると早退してきてくれた。

そのときに、ほかの社員が母を助けてくれたに違いない。だから、情けは人の為ならず。これは、いつか自分と母を助けてくれた誰かへの感謝でもある。

「ほんとうに？　わたし、前回も塚原さんにお願いしてしまったのに」

言われてみれば、引っ越し直前の忙しい時期に頼まれたことがあった。

だが、誰も日付を選んで体調を崩すわけではない。

「特に予定もないので、問題ありません！　それで、引き継ぐ業務ってなんでしょう？」

「この書類のファイリング、お願いできないかな。分類方法と並べる順番は、印刷して一枚目にまとめてあるの」

社内ではペーパーレス化が進み、多くの情報がデータとして保存されている。

しかし、どうしても紙媒体で残さなければいけない書類というものが存在した。それは、データにしてはいけないものでもある。

「わからないところがあったら、メッセージ送ってもいいですか？」

「もちろん。半分は終わってるから、残りをお願いします」

「はい。じゃあ、引き取ります。お子さん、心配ですね。すぐ行ってあげてください」

「ありがとう。今度、ランチおごるからね！」

それから二十分もすると、秘書課に残っているのは芽唯だけになった。

手伝おうかと声をかけてくれた先輩もいたけれど、金曜の夜に早く帰りたいのは誰しも同じだ。

残りの分量から考えても、あと一時間強あれば終わるのはわかっている。

親切な提案に「ありがとうございます。でも、残りはそんなにないので大丈夫です！」と、いつもより元気よく答えて、ひとりで黙々と残業を続けた。

意地を張っているようにも見えるかもしれないし、自己犠牲が強いと感じられるかもしれない。

だが、そういうつもりではなかった。

単純に、誰かがやらなければいけない仕事が目の前にあって、ひとりでじゅうぶん手は足りている。

何人も残って分担する必要があるのなら、芽唯だって自分から相談をしているだろう。

無理のない範囲で残業をし、仕事を終えられる自信があったから引き受けたのだ。

実際、二十時をまわるころには確認作業まで無事に終えられた。

仙川駅を出たのは、二十時四十五分。

十二月上旬にしては、今夜は気温が低い。

——だけど、マフラーも巻いてきた。そう、公園へ行くために！

バッグから手袋を取り出し、ベーカリーの近くにある公園へ足を延ばす。

せっかく見つけた良い立地の公園だ。社長と鉢合わせしてしまったからといって、あの場所を諦めるのはもったいない。

とはいえ、前回公園に行ってから十日近く空いていた。やはり、自分のボスと社外で、それも公園のブランコで遭遇するのは少々気まずいとも思う。

公園に到着し、ブランコを確認する。

そこには――。

「……どうして、いるのかなぁ」

またしても、優心はブランコに座ってうつむいているではないか。

さて、どうしよう。

このまま回れ右をして帰ることもできなくはない。互いの距離を考えると、そうすべきだとも思う。

花木優心という人は、これまで芽唯が見てきた中でいちばん背筋がしゃんとしている。

常に顔を上げて、鋭い眼差《まなざ》しで未来を見据えていた姿が印象的だった。

誰にも笑いかけることなく、誰にも弱音を吐くことなく、誰にも心を許さない。

なのに。

今、ブランコに座る彼は。

――まるで別人みたい。

背を丸めて、置き去りにされた子どものようにしょんぼりとうなだれ、両手でブランコのチェーンにすがりついているようにすら見えた。

――あー、もう！　放っておけない！

ぴゅう、と冷たい風が吹きつける。

芽唯はそれをひたいで受けて、ザッザッと勢いよく歩いて彼のもとへ向かう。

前回のように逃げ去られては、話もできない。

だから、今日は堂々と話しかけよう。相手も、芽唯がここに来るかもしれないのはわかっているのだ。

「社長」

ブランコまで、あと数歩。

芽唯は彼に呼びかける。

すると、優心はパッと顔を上げた。

「塚原さん、待っていたんだ」

「え、ええ……？」

その反応は想定外だった。

気合いを入れてきたのは芽唯のはずだったのに、優心のほうが覚悟を決めた顔をしている。

初めて公園で会った夜は、ひどく気まずそうにしていたではないか。

――なのに、待ってた？　わたしを？

普段のクールで無表情な彼。

先日、公園で見た困惑した表情の彼。

そして今日、どこか少年のようにまっすぐこちらを見つめる彼――。

花木優心には、芽唯が知らない顔がいくつもある。

「よかったら、隣にどうぞ」

「あ、はい。失礼します」

ここは誰でも利用できる公園なのに、優心はまるで自分のブランコのように空いているほうをうながす。

そして、芽唯も彼の家にお邪魔したかのように軽く頭を下げてから、ブランコに腰を下ろした。

——なんだか、ヘンなの。

黙ったまま、彼がブランコをこぎ始める。

それにならって、芽唯も無言で遠慮がちにこいでみた。

ふたりのブランコは、わずかにタイミングがずれたまま、ゆーらゆーらと宙を往復する。

ヘンどころではなく、これは完全に謎の時間だ。

何か言わなくてはと思うのだが、何から話せばいいのかわからなくなってしまう。

疑問や思考が、ブランコの揺れに合わせて消えていく気がした。

「もし、きみが今夜来たら——」

おもむろに、優心が口を開く。

風を切るほどの速度ではないが、互いのブランコが前後にそれぞれ動くため、言葉が遠ざかって、近づいて、奇妙に鼓膜を震わせた。

「話してみようと思って待っていた」

何を、と聞くのは野暮《やぼ》に感じる。

芽唯は彼の速度に合わせて、ブランコの揺れを調整していく。

優心が何を話そうとしているのかはわからない。そのせいで当惑している。

けれど、彼が真剣に話そうとしてくれているのも同時に伝わってきていた。

「俺は、もともとＨＡＮＡＫＩを創設したわけではない。というのは、塚原さんも知っていると思う」

「存じています」

彼の兄が、創設者だ。

そして、その前社長はすでに亡くなっている。

「兄が、インターネット黎明期に起業して、最初はプロバイダー事業から、ＥＣモールとしてのＨＡＮＡＫＩまで築き上げた。会社を作ったのは、兄なんだ」

ただ起業したという意味の『作った』ではなく、この会社の土台から『作ってきた』のが兄である前社長だと、彼は言いたいのだろう。

――俺、って初めて聞いた。

仕事中の優心とは、口調も声音も違っている。

普段、芽唯が知る彼の一人称は『私』だ。

これは仕事中とは違う、プライベートの花木優心なのか。

――でもそうだよね。普段から一人称が『私』の男性って、会ったことない。社長も普段は、普通の人みたいに話すんだ。

唐突にさらけだされた素の彼に、不思議な感じがする。

「俺たちは歳が離れていて、兄は俺より十五歳上だった。だから、兄弟とはいっても喧嘩《けんか》をすることもなく、いつだって兄は俺の面倒を見てくれた。近くにいるのに、どこか遠い。憧れの兄だったんだ」

そうだったんですね、と心の中で返事をしながら、芽唯はあえて口をつぐんでいる。

彼はきっと、芽唯の返事がほしいわけではない。

ただ、聞いてほしい。

話し方や、間の取り方から、そんなふうに感じられた。

「その、憧れの兄から会社を引き継ぐことになった。七年前、病気が見つかったときにはもう手の施しようがなくて、入院してもなす術《すべ》がなかった」

若くして亡くなったとは聞いていた。

だが、芽唯の知る前社長の話というのは、優心の語る兄の話とは似て非なるものである。

彼にとっては、家族の死だ。

「婚約して、これから結婚っていう時期だった。会社も大きくなって、一部上場して、まだまだこれからっていうときに……」

振り絞るような声に、反射的に声が出た。

「……おつらかったですね」

七年前ということは、優心はまだ二十四歳。

今の芽唯よりも若い。

その年齢で兄を失い、花嬉グループを背負うことになった、二十四歳の優心。

「つらかったのは俺じゃないよ。兄だ。俺は兄と違って人前に立つタイプじゃなかった。だから、父も俺にはたいして期待をしていなかった」

「お父さま、ですか？」

「ああ、一応父は――」

そこで出てきた名前は、国内最大手のスーパーマーケットを経営する会社だった。

優心の父親は、そこの社長だという。

――す、すごい一族！

「兄の片腕になれるよう努力していた俺に、兄は会社を譲りたいと言ったんだ。だけど、俺はその……優しすぎる、と。だから、社員の前では冷静な社長でいられるよう、尽力すると約束したんだよ。兄は、それを聞いて『無理すんなよ』って笑っていた。だけど、あのときの笑顔が忘れられない。きっと、俺では兄の代わりになれない。でも、亡くなってまで心配なんてさせたくなくて、俺は……」

だから、優心は笑わない。

仕事中、彼はいつも表情筋を動かすことすらしない。

あまりに人間離れした彼の仕事中の態度に、初めて芽唯は納得がいった。

——そんな理由があったんだ。だから、社長は必死に自分を律していたんだ。

ざ、とローヒールのパンプスを砂地に下ろし、ブランコを止めた。

芽唯はそのまま立ち上がり、優心のこぐブランコの前に立つ。

もちろん、ぶつからない程度の距離はとって。

「塚原さん？」

彼は、芽唯をまっすぐに見つめながら、こぐのをやめて自然にブランコが止まるのを待った。

「もっと、自由になっていいと思います。社長は、笑ったり困ったり、いろんな顔をして、心のままに生きていいんだと思います。お兄さまが心配しているとしたら、ほんとうの自分を出せない、今の社長のほうかもしれませんよ」

言い終わるのと同時に、彼がブランコから立ち上がる。

自分でも、強い言い方をしてしまったと気づいていた。ボス相手に言うには、芽唯の人生経験は足りなすぎる。

——偉そうなこと言っちゃった。でも……。

月明かりの下、芽唯の言葉を受けて、優心はどこか儚《はかな》げに微笑んだ。

それは初めて見る彼の笑顔だった。

心臓が、どくんと大きく音を立てる。

「今まで無表情だった俺が、突然笑ったら社員がびっくりするだろう?」

——まあ、それはある。うん。

だが、ここで肯定するわけにはいかない。

彼が初めて見せてくれた、素の姿を。

もう一度隠してしまわないために。

「だったら、わたしの前でだけならどうですか?」

そう。

すでに知っている芽唯の前なら、今さら取り繕わなくても構わない。

「塚原さんの前って、それは……」

「この公園で、ふたりのときだけ、社長の仮面を捨てて花木優心個人として、わたしと話してください!」

勢い込んで言ってしまってから、さすがにずうずうしかったかな、と思う。

彼にとって自分は、それほどの存在ではないと知っている。

——だけど、わたしの前で本音を語った。それも事実。

「……っていうのは、どうでしょうか?」

だから、少しだけ言葉をやわらげて。

懇願を提案に変更する言葉を口にすると、優心が天を仰いだ。

「いいのかな」

「いいと思います」

「ほんとうに？」

「はい」

懊悩《おうのう》が、彼の横顔を美しく彩る。

七年間、優心は自分を偽ってきたのだろう。

強くあろうと、兄の遺《のこ》した会社を守ろうと、努力を続けてきたのだ。

——うう、ちょっと弱ってる社長、かわいくてきれい。年上のオトコの人なのに、すごくきれいで、月光に溶けてしまいそう。

「わたし、もともと夜の公園でブランコに乗るのが趣味なんです。前に嫌なことがあったとき、部屋に帰るのも怖くて、ブランコに乗って無心になって過ごしていました」

突然の告白に、優心がこちらに顔を向けた。

「だから、新居の近くでも公園を探していたのか？」

「そうです。そうしたら、社長に遭遇しました。社長もびっくりしたかもしれませんが、わたしだって驚いたんです」

「それは……驚かせて申し訳なかった」

「あっ、いえいえ、そういうことではなくて」

慌てて否定する芽唯に、彼が静かにうなずく。

「たぶん、俺も似たようなものかな。夜のブランコに乗っていると、子どものころに兄が遊んでくれたことを思い出すんだ。今の自分とは違う、もっと素直でもっと純粋だったころの……」

お互いに、夜のブランコが好きということが判明している。

だったら、この秘密を共有すればいい。

そして、優心は素顔を見せられる相手を得るのだ。

芽唯にとっても、悪い話ではない。

というのも――。

「わたし、夜の公園にひとりでいるのを、周囲から心配されることがあるんです。でも、社長が一緒だったら安心できます」

だから、と心の中で続ける。

――社長、わたしとブランコ友だちになりませんか？

声に出さなくとも、察しの良い優心には伝わったようだった。

彼は芽唯のそばまで歩いてくると、月を背負って静かな声で言う。

「ありがとう。塚原さんは優しい人なんだな」

「そ、そんなことないです、けど」

――わたしが、この人と一緒にいたいって思った。だけど、どうしてだろう？

理由を挙げ連ねるのは簡単だ。

月光に溶けてしまいそうな彼を、ひとりにしたくない。

ほんとうの自分を押し殺してしまわないでほしい。

もっと彼の、本音を知りたい。

しかし、芽唯が感じた「どうして」の答えはそれとは違う。

「お言葉に甘えて、たまに夜の公園で会いたい。俺も、きみがひとりで公園にいるのはあまり良くないと思う。若い女性なんだから、そこは気をつけてほしい」

「では、社長と一緒のときだけにします。それでどうですか？」

「ああ。それがいい。ふたりの時間にしよう」

うなずいた優心が、右手を差し出してくる。

月光を浴びて、泣きたいくらい優しく微笑む彼。

芽唯は、その手をそっと握り返した。

指先が、じんと熱く熱を持つ。

冬の公園だというのに、どうして彼の手はこんなに温かいのだろうか。

握手をして、公園で会う約束をしても、あいかわらず会社では社長と秘書でしかない。

だけど、今週は三回、公園で「花木さん」と「塚原さん」としてふたりは夜のブランコに乗っている。

特に何を話すわけでもなく、ただ黙ってブランコをこぐ日もあれば、お互いの子どものころの話をする日もあった。

十二月の寒い夜に、わざわざ公園へやってくる酔狂は優心と芽唯くらいのものだ。

「そういえば、花木さんは立ち乗りはしないんですか？」

「別にしないわけじゃないけれど、なんとなく座っていることが多いな」

「わたしは、前に立ち乗りも試してみたんです」

「へえ？」

「だけど、パンプスだとちょっと怖くて。スニーカーで出社して、会社でパンプスに履き替えるようにしたらいいんですかね」

「一度帰宅してから公園に来るという手もある」

「あ、たしかに！」

公園でのふたりは友人関係を築きつつあった。

彼の素のやわらかな表情を見てからは、会社にいるときも気持ちが変わってくる。

無表情で感情を殺して話す姿は、「今、きっとがんばっているんだな」と温かい気持ちで見守れる。

秘書課の先輩から、社長は冷たくないかと心配されても、「みんなは花木さんのほんとうの姿を知らないから」とささやかな優越感を覚えてしまう。

素の優心を知っているのは自分だけ。

けれど、仕事上ではきちんとわきまえた態度を心がける。

会社にいるときのふたりは、あくまで社長と秘書なのだから、と。


十二月が日に日に寒さと乾燥を深めていく、とある金曜日のことだった。

朝のスケジュール確認はいつもどおりに済ませ、昼に優心が都内のホテルで同業種の経営者が集まるランチに参加するのに同行すると、ふいに彼が耳元に顔を寄せてきた。

――えっ、近い、近いですよ、社長!?

一瞬で顔が赤くなり、芽唯はまばたきを二度、三度と繰り返す。

「塚原さん、これ」

「はい」

とはいえ、芽唯は今、秘書として仕事中である。

動揺を顔に出さないよう、差し出された何かをそっと受け取った。

手のひらに収まる程度の、小さく折りたたんだメモだ。

「あとで読んでおいて」

「かしこまりました」

優心が会食のレストランに入っていったあと、参加者の秘書たちが三々五々立ち去るのを見送りながら、芽唯はこっそりとメモを開いた。

『今夜、よかったら会いたい。塚原さんとしたいことがあるから、十九時にいつもの公園で待っています』

仕事柄、優心が書類にサインをする文字をこれまでに何度も見てきた。

だが、昨今のペーパーレス化もあって名前以外の彼の文字を見たことは、ほとんどなかった。

右肩上がりの縦長な文字からは、かすかな緊張感と丁寧に書いてくれたのが伝わってくる。

――なんだろう。なんか、妙にドキドキするというか。

社長と秘書には、ふたりで顔を合わせる時間がじゅうぶんにある。

それもあって、今までテキストベースで約束をしたことがなかった。

毎朝、コーヒーを運んでスケジュール確認をするのだから、そのときに口頭でどうするかを話すのが普通だった。

つまり、これはイレギュラーな約束なのだろうか。

今朝の時点では、決まっていなかったのかもしれない。彼の忙しさを思えば、急に時間が空く場合も考えられる。

頭では、わかっている。

なのに気を抜くと頬が緩んでしまいそうだった。


冬の風は、かすかな懐かしさを運んでくる。

どこかの家のカレーの香りを感じながら、芽唯は人気《ひとけ》の少ない道を走っていた。

——こんなに遅くなると思わなかった！

いつもどおりに会社を出たのに、電車の遅延に巻き込まれてしまったのだ。

乗車前だったら振替輸送も使えたのだが、芽唯の乗っていた電車が駅間で立ち往生していたのでどうにもならない。

優心の社用スマホなら番号を知っているけれど、電話をかけるのははばかられた。これは、業務ではないからだ。

——個人の連絡先、聞いておけばよかった。

走る体は、次第に熱を帯びていく。

口から吐く息が白い。

いつもと違う特別な約束に、期待する足が軽やかにアスファルトを蹴る。

やっとのことで公園入口にたどり着くと、ブランコではなくすぐそばのベンチに優心が座っているのが見えた。

彼の足元には、大きな紙袋が置かれている。

「遅くなってすみません！」

息を切らした芽唯に、彼が少し驚いた顔をする。

「そんなに走ってこなくてもよかったのに。電車、遅れていたんだろ？」

「そうなんです。お待たせしちゃうかと思って」

冬だというのに、前髪の生え際にうっすらと汗をかいた。

バッグから取り出したハンカチで、メイクが崩れないようやんわり拭う。

すると、彼がひたいに手を当てて天を仰いだ。

「ああ、連絡先。実は、前から聞いていいのか迷っていたんだ」

こんなことなら、聞いておけばよかった。

そう言って、優心がため息をついた。

「わたしも思いました。仕事の連絡先は知っているのに、なんか不思議ですよね」

ふふ、と笑うと、彼は早速コートのポケットからスマホを取り出す。

「よかったら、連絡先を交換してもらえませんか？」

街灯に照らされた彼は、少しはにかんで。

——こんな顔、会社の誰も知らないなんてもったいない！

仕事中とは違って、やわらかな笑みを浮かべる優心はいかにも好青年である。もともと整った顔立ちなのもあって、無表情だと妙な迫力があるけれど、こうして笑っている姿を見たら、誰もが彼に目を奪われるだろう。

連絡先を交換し終えると、あらためて彼の足元の紙袋が気になった。

「花木さん、あの」

顔を上げた芽唯は、優心の耳が赤くなっているのに気づいた。

「わ、すみません。寒かったですよね。耳、赤くなってます」

「いや、平気だよ。耳は違う理由だから」

――違う理由？

慌てた様子の彼は「それよりも」と芽唯の目の高さまで紙袋を持ち上げた。

「今夜は、塚原さんと遊びたいなと思って」

「遊ぶって、いつもとは違う感じですか？」

いつもの、ブランコではなく。

彼の言動からそれを感じ取って、芽唯は首を傾《かし》げる。

「夏に取引先からもらったのを、忘れていたんだ。もしよかったら――」

差し出された紙袋の中を覗《のぞ》くと、そこには薄い桐箱《きりばこ》がいくつも入っていた。

ぱっと見てもなんのことかわからず、桐箱のひとつを取り出してみる。

「え、これって……花火？」

ひと箱に四本、手持ち花火らしきものが入っているではないか。

「そう。冬の花火っていうのも乙なものかと思ったんだが、どうだろう」

「すごい！　高級花火ですね！」

ベンチの上にいくつも花火の桐箱を並べて、芽唯は目を輝かせた。

手持ち花火といえば、幼い日の夏の風物詩だ。

しかし、今ここにあるのはあのころ遊んだビニール入りの花火とは違う。

見るからに贈答品としか思えない、手作りの花火たち。

「塚原さん、花火は好き？」

「もちろん大好きです。あ、でも……」

ふと、公園入口にある看板を思い出した。

たしか、この公園は――。

「でも？」

「あれです」

芽唯は、公園利用の注意事項が書かれた看板を指差す。

いくつかの項目の中に『公園内での火気厳禁。花火の禁止』と書かれていた。

「えっ……、うわ、そうか……」

「そうなんです。公園って、けっこう花火禁止のところが多くて」

子どもたちの安全な遊び場なのだから、それも仕方がない話だ。

――今の子たちは、どこで花火をするんだろう？

一度は肩を落とした優心だったが、すぐに気を取り直してスマホの操作を始めた。

芽唯は、ベンチに広げた花火を紙袋にしまい直す。

せっかくの高級花火を、彼と遊びたかった。

残念には思うが、優心がわざわざ花火を持ってきてくれたことを嬉《うれ》しく思う気持ちのほうが大きい。

――手作りの花火って、普通の市販品と違うんだろうなあ。

「塚原さん」

「はい？」

「あった。花火のできる公園、今から行けそうなところを見つけたよ」

「え、ほんとうですか？」

「ああ、行こう！」

ごく自然に、優心が芽唯の右手を握った。

――あっ……！

彼は早足で歩き出す。

右手が、じわりと温かい。

──手、手が！　社長、わたしたち、手をつないでますよ!?

とは、言い出しにくい。なんだか、勝手に意識しているみたいに思われてしまいそうで。

公園を出て、仙川駅とは逆方向へ向かっていく。

つないだ手は、決して強く握られているわけではないけれど、しっかりと芽唯をつなぎとめていた。

「あの、どこへ行くんですか？」

「ちょっと俺のマンションまで」

「花木さんの、マンション!?」

驚きから抜け出せないまま、芽唯は彼に連れられて夜道を歩いていく。

ひとりで歩いていたときよりも、風が冷たくない。

背の高い優心が、芽唯の前を歩いてくれるおかげだ。

それと。

つないだ手が、温かいから──。

到着したのは、手入れの行き届いた四階建ての上品なマンションだった。

見た目からして、芽唯の住む賃貸とはぜんぜん違う。

外壁はベージュとチャコールグレーのバイカラーデザインで、道路に面したバルコニーにはおしゃれな目隠しパネルが設置されて住人のプライバシーを守っている。

歩道と敷地の間には背の低い常緑樹が植えられ、植え込みはきれいにカットされていた。

オートロックのエントランスを抜けて、エレベーターの前まで来たとき、優心が「あ」と小さく声をあげる。

「……ごめん。ずっと手を握ったままだった」

「いえ、その、」

なんと言えばいいのか戸惑って、芽唯は視線をさまよわせる。

「社長の手、あったかかったです」

見上げた先、彼は照れ顔で困ったように笑った。

「俺も、温かかったよ」

「だ、だったらよかったたってことで！」

エレベーターは、地下へ向かう。

下りた先は駐車場だった。十台ほどの車が並んでいる。

前を歩いて鮮やかな青い車の運転席側に立った優心が、こちらに小さく手招きをした。

「乗って」

「は、はい」

3ドアのドイツ車は、コンパクトカーといえども人気の車種だ。

丸みを帯びた車体が特徴的で、かわいらしくも高級感がある。

普段は運転手付きの社用車で移動している優心が、運転席に乗っているのは不思議な感じがした。

「それじゃ、行きますか」

青い車が、夜の世田谷《せたがや》を走り出した。

「花火のできる公園って、どこにあるんですか?」

「二子玉川《ふたこたまがわ》のほうみたいだ。ナビで見た感じ、そう遠くはないと思う」

わざわざ車に乗って、花火をしに行く。

大人の花火は、ずいぶん豪華な遊びなのかもしれない。

夏の打ち上げ花火なら、秘書課の先輩たちと見に行ったこともある。

けれど、手持ち花火は?

考えてみれば、芽唯は近年、手持ち花火とは縁がなかった。

「公園内の広場で、二十一時まで花火利用が可能らしい。ネットで調べたら、近くに駐車場もあるから――」

優心は慣れた手つきで車を走らせる。

途中で折りたたみのバケツを購入し、到着した公園の水飲み場で水をはった。

準備万端で、花火利用をしてもいい広場へ歩いていく。

夜空にはうっすら雲がかかり、犬の散歩をする男性とすれ違った。

だが、ほかには誰もいない。

冬に花火のためだけに公園に来ているのは、優心と芽唯だけだ。

「ああ、ここにも水道があるのか」

広場は砂利の砂場になっていて、手洗い場が設置されている。

思っていたよりも広く、周囲に建物がないせいか、空が近く感じた。

「なんか、わくわくしてきました」

「実は、俺も」

バケツを置いて、ふたりは砂場に花火を並べる。

桐箱にはひとつずつ、中に入っている花火の名前が筆書きされていた。

とはいえ、名前を見ても花火の種類はよくわからない。線香花火をよけて、ほかの箱を開けていく。

「それじゃ、火をつけるよ」

夜の公園に、ぽっとライターの火がともる。

棒状の先端を近づけると、シュウ、と音を立ててすすきの穂のように火花が散った。

白い光が長く尾を引く。

「わあ……！」

火薬のにおいが、冬の空気に混ざる。

「きれいですね」

「……ああ、とても」

彼は感慨深そうに、静かな声で答えた。

「火を分けてもらってもいいかな」

「あ、はい。どうぞ」

花火の先端を近づけて、ふたりは火のリレーをする。

同じ種類かと思ったら、彼の手にした花火は放射状に火を散らす。

「赤いのも、きれい」

「昔、兄が花火を両手に持ってぐるぐる回して遊んでくれた」

——お兄さん、優しい人だったんだ。

「俺は怖がりで、花火に火をつけるのができなかったな」

「ふふ、今は平気になったんですね」

「まあ、今夜は特別」

「そうなんですか？」

「……火、消えてるよ」

花火をバケツに入れると、ジュウ、と小さく音が聞こえた。

今度は、芽唯が彼から火を分けてもらう。

優心の兄がやっていたというのを思い出して、二本持ちで花火を揺らしてみる。回すのは、さすがにちょっと不安だったから、揺らすだけ。

「あー、なんだか高級花火を贅沢《ぜいたく》に使ってます！」

「もらいものだからね。来年まで置いておいたところで、湿気《しけ》るだけだ。好きに使って」

「お言葉に甘えて」

手作りの花火は、消えるまでが長い。

それに、一本の途中で火花の印象や色が変わるから、飽きることもない。

「俺も、せっかくだから」

優心が、左右に持った花火をぐるぐる回し始める。

「わっ！　すごい、きれい！」

赤から黄緑へと色を変える花火が、夜の公園でサイリウムのように光った。

「ははっ、たしかにすごいな、これは。見て、塚原さん、また色が変わった」

「今度は……黄色ですね」

花火を両手に、優心が声をあげて笑う。

今までずっと、彼の秘書として働いてきた。

――だけど、こんな社長は知らなかった。社長、ううん、花木さん。

ブランコ友だちとして会うとき、芽唯は彼を役職ではなく名字で呼ぶ。

そうしてほしいと、優心が最初に言ったからだ。

「塚原さん、これは藍色花火って書いてある。こっちは、紫で」

「赤と緑は？」

「たぶん、赤はこっちだな」

「あ、これが緑って書いてある気がします。じゃあ、花木さん赤で、わたしが緑」

「ん？　何か意味があるのか？」

「ふふ、すぐわかりますよ」

ふたりで火をつけると、芽唯はクリスマスソングをハミングする。

「ああ！　そういうことか」

「そうです。クリスマスカラーです」

楽しそうな彼を前に、胸がぎゅっとせつなくなった。

この人はほんとうに花木優心だろうか。そう思ってしまったのだ。

だが、きっとこうやって明るく笑っている姿がほんとうの彼。

職場の誰も知らない、素顔の優心なのだろう。

――わたしだけが、知ってる。

「塚原さん、楽しんでる？」

「はい、すっごく！」

「ほんとうに？」

消えた花火を手に、優心がこちらに顔を近づけてきた。

「え、ちょ……」

——近い、近いです！

「花火が消えると、表情が見えなくて。俺ばかりが楽しんでいるんだったら悪いな、と」

「……っ、ほ、ほんとに、楽しいですっ」

「だったらよかった」

芽唯の手からひょいと花火を奪い取り、彼は二本まとめてバケツに突っ込む。

背中を向けた彼は、両手を腰に当てて上半身を伸ばした。

「塚原さんと、したかったんだ」

その言葉に、心臓がどくんと音を立てる。

「だから、一緒に花火ができて嬉しいよ。ありがとう」

振り向いた優心が、少年みたいに笑った。

素の優心は、優しくてニコニコしていて、気遣いのできる人だ。

——この性格で、よく会社であんな無表情でいられるなあ……。

いや、こういう性格だからこそ、誰かのために努力をすることができるのかもしれない。

社長としての彼は、亡き兄との約束だけではなく、社員たちを守るためにもビジネスモードを徹底しているのだ。

――だけど、ずっとひとりで背負っていくのが、つらくないはずはない。

七年。

それだけ長い期間、自分の感情を見せないようにして生きるなんて、芽唯には考えられなかった。

しゃがみ込んで、バケツの中の花火を一箇所にまとめる。

気づけば、二十一時が近づいてきていた。

そろそろ線香花火で締めの時間だ。

立ち上がろうとした、そのとき。

ふわ、と首元に何かが巻かれる。

「え……？」

巻かれたのは、優心が愛用しているグレーのマフラーだった。

秘書課の先輩いわく、「社長のマフラー、アラシャンカシミヤよ」とのことである。

アラシャンカシミヤは、カシミヤの中でも内モンゴル産の希少なものだと教えてもらった。

「首元が寒そうだったから。俺のマフラーで悪いが」

「そしたら、花木さんが寒いですよ」

「いいんだ」

「よくないです」

「いいから、塚原さんがしていて」

「……ありがとう、ございます」

マフラーからは、ほのかにウッディとアンバーが香る。樹木の重厚な香りだ。

――社長の、香り。

「そっか。わたしが、花木さんの、というか社長の秘書だから」

だから、大事にしてくれるんだ。

そう思った。同時に、自然と口に出ていた。

「何が？」

「え、いや、その、優しくしてくれる理由を考えていて、つい口に出てしまったんです」

すっくと立ち上がると、雲のかかった空を仰ぐ。

なんだか、自意識過剰に思われてしまいそうな気がして恥ずかしい。

――社長からしたら、別に優しくしてやったつもりじゃないかもしれないのに！

「秘書だから優しくしている、か」

「違うんですか？」

尋ねてから、自分はどんな答えを求めているのだろうと自問する。

彼との関係が、社長と秘書だけではなくなっている。

だからといって、ブランコ友だち以上の関係を求めているつもりはなかった。

なぜ、優しくしてくれるのか。

自分だってそんなことを尋ねられたら答えに詰まると知っていて、相手の答えを求めるような聞き方をするのはずるい。

「塚原さんが、唯一俺のほんとうの顔を知っている人だからだよ」

――なるほど！

たしかに、その回答には納得だ。

同時に、秘書だから優しくしてくれるなんて言い方は友人としての彼に対して失礼だったと感じる。

「そうだったんですね。わたし、なんだか勘違いというかヘンな聞き方を――」

「ごめん、今のは真実そのものじゃなかった」

「え？」

彼は両手で芽唯の手を握った。

温かくて、優しくて、大きな手。

――って、えっと、どうして、手を……？

触れられると心まで暖かくなるけれど、そのぬくもりに困惑してしまう。

どうして優しくしてくれるの。

どうして手を握るの。

「どうして……」

そんなに優しい目で、彼は自分を見つめるのだろうか。

「あのさ、塚原さん」

「はい」

「……それ、やめない？」

「どれのことでしょう」

「それ、敬語」

ＩＴ業界において、彼は帝王と称される人物だ。

社内では、こんなに美しい顔立ちなのに秘書たちからすら恐れられている。

その花木優心が、敬語をやめてほしいと提案してきた。しかも、手を握ったままで。

芽唯が目を瞬《しばたた》かせるのも、当然の事態である。

「まず、名前を呼ぶのはどうかな」

「今も社長じゃなく、花木さんって呼んでます」

「下の名前で。俺も、芽唯さんって呼ぶから。あ、いや、よければ、だけど」

自分で提案しておいて、優心はあきらかに照れた様子だ。

それがかわいいだなんて言ったら、困らせてしまいそうで。

「じゃあ、せっかくだし芽唯ちゃんでお願いします」

冗談めかして言うと、なぜか彼はパッと明るい表情になる。

――え、待ってください。冗談ですよ、冗談！

「芽唯ちゃん」

目を細めた優心が、心まで溶けてしまいそうな優しい声で名前を呼ぶ。

心臓がどくんと大きく音を立てた。

「は、はい」

「俺のことも、呼んで？」

「う……」

優心さん、と。

そのたった六文字が声にならない。

「もしかして、俺の下の名前を知らないとか？」

「知ってますよ！」

「だったら、呼んでよ。ね、芽唯ちゃん」

「っっ……、ゆ、優心、さん」

彼は右手で自身のネクタイの脇、鎖骨よりも少し下あたりをぎゅっとつかんだ。

「やばい、かわいい」

「えっ、な、何が……!?」

「芽唯ちゃんが、俺を呼ぶ声というか、表情？」

「ふざけるなら、もう呼びませんっ」

つかまれていた手をほどき、芽唯はぷいとうしろを向いた。

「ふざけてないよ」

——かわいいなんて、簡単に言わないでください。わたしは、社長と違って慣れてないんですから！

だが、彼は慣れているのだろうか。

二十四歳からずっと、鉄面皮キャラを貫いてきたのだとして。

それ以前の生活がどうだったのか、芽唯は知らない。

もしかしたら、ものすごく女性慣れしている可能性だってあるし、数多《あまた》の女性を泣かせてきた可能性だって……。

「芽唯ちゃんは、俺にとって特別な人なんだ。だから、もっと親しくなりたい。仕事上ではたしかに社長と秘書かもしれないけれど、それだけじゃないふたりになりたいんだ」

芽唯は、彼の過去を捏造《ねつぞう》しようとしていた自分の脳にストップをかける。

彼が誠実な人なのは、わかっていた。

だからこそ、前社長である兄を亡くしてからずっと自分を偽ってきた。そうまでして、兄の遺志を継ぐ決心ができる人なのだ。

「わたしも、ゆ、優心さんのこと、特別なお友だちって思ってます。この歳になって一緒にブランコに乗ってくれる人はほかにいませんから」

「一気に敬語までなくすのは無理か」

振り向いた視線の先、彼が困ったように笑う。

体中の感覚が、彼に引き寄せられる錯覚がした。

心だけではなく、体のすべて。

芽唯の全部が、優心の引力に引っ張られていく。

——何、この感覚……？

「そ、そんなに一度にできません。わたし、あまり器用なほうじゃないので！」

「うん、器用じゃないのは知ってる。だけど、努力家だし、ひとつひとつの仕事を丁寧にこなしているよね」

「う……」

——そんなに、なんでもわかった顔されたら困る！

特別な友人になったとしても、社長は社長なのだ。

「あ、ほら。手、こっちに貸して。手袋も持ってきたらよかった。芽唯ちゃん、指がすごく冷たくなってる」

「……あの、でも」

「ん？」

左手を差し出して、彼が首を傾げた。

――そんな魅力的な表情ばかり見せられたら、冷静でいられない。

「ああ、そうか。手をつないでいると、火をつけられない」

「そうですよ！　なので……」

まずは花火の続きをしましょう。

そう言うつもりだったけれど、それより先に彼が「このままでいたい」と告げた。

「駄目かな？」

――ダメです。でも、ダメじゃないです。

「芽唯ちゃん、このましゃがんでみて」

「は、はい」

「それで、この線香花火を持つ。はい」

「こう、ですか？」

言われるままに、量産型の線香花火とは異なる持ち手のこよりを指先で持った。

芽唯の知る線香花火は、風が吹けばゆらゆらと火花ごと長いこよりが揺れるものである。

しかし、この花火は持ち手部分がしっかりと太い。

鮮やかな色合いに染めた和紙の先端に、優心がライターで火をつけた。

パチパチ、と小さく火花が散り始める。

「俺も一緒にやろう。そうだ、芽唯ちゃんの手はこっちに」

彼は握っていた芽唯の手を、自分のコートのポケットに案内する。

——なんたるナチュラルモテムーブ！

ポケットに入れてもらった右手だけではなく、空気にさらされる左手すら、熱を帯びる気がした。

「きれいだな」

自身も線香花火に火をつけて、彼がやわらかな声で言う。

「はい、きれいですね。それに、普通の線香花火より強くて長いです」

「たしかに、そうかもしれない。だけど、それだけじゃなくて」

「なんですか？」

「芽唯ちゃんとやるから、よりきれいに感じる」

「っっ……！」

思わず、線香花火の火種を落としそうなほどに手が揺れた。

「そ、そんなふうに言われると……」

「言われると、どう？」

「緊張します！」

「あはは、実は俺もだよ」

ふたりの線香花火が、順番に消える。

あたりはしんと静まり返り、冬と火薬の混ざった香りが漂っている。

「最後の一本、どうぞ」

「ゆ、優心さんがどうぞ」

「いいから、芽唯ちゃんにやってほしいんだ」

そっと手に握らされた線香花火を見下ろして、芽唯は黙り込んだ。

もう一度、火をつけられたら。

きっと、始まってしまう。

カチッとライターの着火音。それに続いて、花火の末端に火がともった。

パチパチ、パチパチ、と火花が散る。

恋の始まる音なんて、今まで聞いたことがなかった。

だけど今、たしかにこれこそがそうなのだと、心が告げている。

「……きれいです」

「うん」

「こんなきれいで、かわいくて、ずっと見ていたいって思った線香花火は、初めて……」

視線を上げると、彼も花火ではなく芽唯を見つめていた。

「俺もだよ」

目と目が合って、互いの顔が近づいていく。

気づけば、あと数センチで唇が重なってしまいそうなところまで——。

「あ、あのっ……」

「ごめん、かわいくて、つい」

——つい、キスしたくなったってこと……？

親密な夜の気配に流されて、芽唯も同じくキスに——優心に引き寄せられてしまった。

だから、明確な意思表示なしにキスしそうになった彼を責めるつもりは毛頭ない。

大人なのだから。

キスくらい、なんてことない。

——なんて、思えそうにない！　わたしにとって、やっぱりキスは大事なものだもの。つまり、わたしは優心さんとしてもいい、ううん、したいって思っていたんだ。

「花火、終わっちゃったね」

気づけば、最後の火花は消えていた。

さっきの現象にお互い名前をつけられないまま、夜に包み込まれていく。

——でも、優心さんだけじゃない。わたしも、自分から彼に近づいていって……。

恋の始まりの音は、いつまでも胸の奥でパチパチと響いていた。

「そろそろ帰ろうか。冬の花火は魅力的だけど、やっぱり寒い」

「はい。あの、とっても楽しかったです」

「ありがとう。俺も、楽しかった」

後片付けをして、二十一時になる直前にふたりは公園をあとにする。

並んで歩く石畳の上、まだ芽唯の心には花火の音が鳴っていた。

——わたし、この人のことが好きなんだ。

小さな自覚は、始まったばかりの恋をたしかに感じさせて。

第二章　好きになっても、いいですか？

北東北《きたとうほく》では、早くも雪かきのシーズンが訪れたと朝のニュースが告げる。

十二月も第三週になり、東京も本格的に寒波が押し寄せてきた。

イルミネーションがきらめく街に、今年もクリスマス寒波がやってきそうな気配がある。

けれど、週明けの芽唯には朝の冷気すらぼんやりと感じられてしまう。

理由はわかっていた。

恋をしてしまったせいだ。

三年も仕えてきた社長に、今さら恋をするだなんて。

そう思うたび、ほんとうの彼を知ったのはつい最近なのだから仕方ないと言い訳をする。

気づけば、彼のことばかり考えてしまうのだ。

——いけない。仕事はちゃんと、冷静に。いつもどおりに。

先週、花火をしたときに優心は芽唯のことを、努力家で丁寧な仕事をすると言ってくれたではないか。

プライベートでの関係とは別に、彼の秘書としての職務をまっとうしなければいけない。

ピンと背筋を伸ばして、芽唯は秘書課で準備を整える。

それから、いつもと同じように社長室へ向かった。

ドアをノックすると、室内から「どうぞ」の声が聞こえてくる。これも、いつもと同じだ。

「おはようございます、社長」

「ああ、おはよう」

デスクに手をつき、優心が無表情にこちらを見る。

――社長のすごいところは、会社では完璧に『社長』なところ。

長年こうして感情を殺してきたのだろう。

堂に入った仕事モードには、ときどき感動すら覚える。

初めて会った三年前と同じ――いや、あのときよりさらに眼光鋭く、優心は椅子に腰掛けていた。

「本日のご予定ですが、午前中は――」

声がうわずりそうになるのを、かろうじて押《お》し留《とど》める。

タブレットを持つ指に力を入れて、冷静を保とうとした。

だが、まっすぐに自分を射貫く彼の視線に、かすかな寂しさを覚えてしまう。

秘書として仕事をすべきときだ。頭ではわかっている。

――意識しているのは、わたしだけ。

あの線香花火は、恋の始まりの音だった。

芽唯だけが、恋をしている。

あるいは——。

——夜に、公園で会う人は社長じゃなくて、別の優心さんみたい。わたしが勝手に、夢を見ているみたいな……。

余計な考えをなんとか振り切って、今日のスケジュールを読み上げていく。

「それから、午後はＨＡＮＡＫＩモバイルの明峰《あけみね》専務がいらっしゃる予定で——」

「明峰専務？」

「はい」

「彼からは、明日の来訪の件で朝のうちにメールが来ていたが」

えっ、と声に出してしまいそうなのを、かろうじてこらえた。

秘書は、勤務中に決して動揺しないこと。

一年目のときにそう教わっている。

「確認いたします。少々お待ちください」

慌てる指先でタブレットを操作すると、途中から明日の予定を表示していたことに気づく。

背筋がすうっと冷たくなった。

今まで、こんなミスはしたことがない。

けれど、個人的な事情があれどミスはミスだ。

芽唯は頭を下げる。

「申し訳ありません。わたしの間違いです。明峰専務がいらっしゃるのは明日、火曜日の午後でした。あらためまして、本日午後の予定ですが……」

舌を噛みそうになりながら、正しい予定を申し伝える。

芽唯は楽天的な性格だと周囲から言われて生きてきた。自分でも、そう思っている。

なのに、今はやけに不安が胸にこみあげてきていた。

「以上となります。朝からたいへん失礼いたしました」

再度、深々と謝罪したところに「困るな」という彼の声。それに続いて、ため息が聞こえてくる。

――優心さんを困らせて、迷惑をかけてしまった。

たったそれだけのことで、目頭が熱くなる。

「今後は同じミスをしないよう、留意いたします。それでは、本日もどうぞよろしくお願いいたします」

黙している優心を残して、芽唯は逃げるように社長室をあとにした。

ふたりが友人関係なのは、社外でのこと。

廊下を歩きながら、今すぐ穴を掘って頭まで埋まってしまいたい気分になる。

コツコツ、とヒールの踵《かかと》が音を鳴らす。

――バカ。わたしのバカ。どうしてあんな初歩的なミスをしたの？

浮ついていたからだと、自分でもわかっていた。

先週末のキス未遂に気を取られていた――だなんて、ただの言い訳だ。

結果として、優心は自分の役割をこなしていたけれど、芽唯だけが勝手に動揺していたのだから。

会社にいるときはきちんと仕事をしなくてはいけないのに、どこかで慢心していたのだろうか。

彼に対して、甘えがあったのかもしれない。

――ううん、それ以前に、わたしは自分の仕事を軽んじていたのかも。

望んだ業務ではなかった。

それでも、今までがんばってきた。

大手企業の社長秘書として、至らないところはあれど努力してきたつもりだった。

この歳になって、片思いひとつで仕事に悪影響が出るだなんて情けなくて涙がこみあげてくる。

同時に、この程度のことですぐに泣きそうになる自分が悔しかった。

秘書課に戻ってやるべき作業があるのを知っていながら、芽唯は涙目でトイレへ駆け込む。

役員フロアの女性トイレは、人がいない。

花嬉の女性役員は、役員全体の二割。

日本全体の平均よりかなり多いものの、それでも社内の男女比から考えればまだまだ男性主体だと言わざるを得ない。

だけど、今だけはそれがありがたかった。

個室に入ってうしろ手に鍵をかけると、芽唯はタブレットで顔を覆う。

――わたしだけなんだ。好きになっちゃったのも、会社で動揺しちゃうのも、わたしだけ。優心さんは、迷惑してるのかもしれない。

奥歯をぎゅっと噛み締めて、涙がこぼれそうになるのをこらえた。

泣いたらメイク直しをしなければいけなくなる。

メイクポーチは、秘書課のデスクに置いたままだ。

――泣いたのがわかる顔で先輩たちのところに戻ったら、優心さんを悪く言う人がいるかもしれないから。

自分のミスで、勝手に恥ずかしくなっているだけなのに、誤解を生むのは悪手だ。

花木優心という人は、この会社を――亡き兄の想《おも》いを背負って、社長として立っている。

そんな彼の印象を少しでも悪くするような言動は避けたかった。

好きな人だから、だけではない。

彼が作り上げてきた花木優心というこの会社の社長のイメージを、傷つけてはいけないと思った。

・・・・・・・・・・・・・・・・・・・・・・・・・・・・・・

夕暮れが、窓から差し込んでいる。

秘書課からひとり、またひとりと先輩たちが姿を消す。定時を過ぎて、芽唯はのろのろとノートパソコンの電源を落とした。

「塚原さん、お疲れさま」

「日比野さん、お疲れさまです」

「今日、元気なかったんじゃない？」

「あはは、ちょっと寝不足で」

かならずしも嘘ではない。

先週末、恋を自覚してから妙に心拍数が上がっていて、眠ってもすぐに目が覚めてしまう。

だが、今日の芽唯が滅入《めい》っていたのは別に理由があった。

「若いからって無理したら駄目だよ。体が資本だから、ね」

「はい。今夜はしっかり寝ます！」

意識的に明るい声で返事をし、芽唯も退勤の準備をする。

昼休みに、優心からトークアプリのメッセージが届いているのに気づいていた。

――未読のままで、ごめんなさい。

誰にも届かない謝罪を心の中でつぶやいて、芽唯は帰路につく。

自分が情けなくて、今日は彼に会うのが怖い。

仙川駅を出ると、優心が待っているかもしれない公園に足を向ける気にはなれなかった。

なのに、その場から自宅に歩き出すこともできなくなる。

——どうしたいの、わたし。

彼に会いたい。

そして、彼に会いたくない。

ふたつの感情が、芽唯を左右に引き裂いていく。

好きな人に会いたいと思うのは、恋愛の初期症状としてとても正しい。

けれど、今朝のミスに優心がうんざりしていたら、と考えると彼の顔を見るのがつらかった。

——やっぱり、このまま帰ろう。そのほうがいい。メッセージにはあとで返信をするから。

週明けの月曜日、行き交う人々の足はほのかに重い。

寒波とともに始まった一週間は、まだ先が長いのだ。月曜からがんばりすぎていたら、疲れてしまう。

駅前にあるスーパーの壁には、クリスマスケーキの予約受付を宣伝するポスターが貼られていた。

チキンレッグ、お菓子がいっぱい詰まったサンタの長靴、赤と白のねじり模様のステッキ型をしたキャンディケイン、店内に飾りつけられたオーナメントがキラキラと輝いている。

いいなあ。みんな、幸せなクリスマスを過ごすんだ。

恋人がいないからといって、クリスマスを寂しく感じたことはない。

家族もいるし、友人もいるし、なんならひとりだって楽しいのがクリスマスだと思って生きてきた。

去年のクリスマスは、好きなショコラティエのふたり用ケーキを選んで食べきった。チョコレートケーキを一度にあれほど食べたのは、人生初だったと思う。

過去に恋をしたことがないわけでもない。

けれど、好きな人と一緒にいられないクリスマスに寂しさを覚えた記憶はなかった。

——優心さんを好きになったら、なんだかほしがりになっちゃったな。

彼に責任を押しつけているのではなく、単純に自分がよくばりになったと感じる。

つきあっていないのに、特別な関係だとお互いに認識しているのが原因だろうか。

——それとも、前から知っている人だから?

考えながら、やっと足を前に出した。

いつまでも駅前で立ち止まっていては、不審者だ。

スーパーを背に、自宅マンションのあるほうへ歩き出した、そのとき。

「芽唯ちゃん」

聞こえるはずのない声が、芽唯を呼んだ。

振り返らなくても、わかる。

――どうして、優心さんが？

反射的に芽唯の足は駆け出している。

無視したいわけではないし、彼を不快にしたいわけでもない。

ただ、どんな顔をして会っていいのかわからないのだ。

住宅街に入っていくと、戸建ての壁面にクリスマスの電飾が光っている。

明るい街並みを、ヒールの踵で走っていく。冷たい風で頬が痛い。泣きたくなるのは、今日の自分が恥ずかしいせいだ。

「芽唯ちゃん！」

「っっ」

うしろから手首をつかまれたのは、駅から三〇〇メートルは離れたころ。

追いかけてきた優心が、息ひとつ乱さずに背後に立っている。

彼を見上げて、また胸が痛む。

一方的に逃げられて、彼がどんな気持ちになるか。

考えなかったとは言い切れない。それよりも、自分の恥ずかしさを優先してしまった。

「どうして逃げるんだ？」

「……ごめんなさい」

優心は、少し傷ついた目をしている。

当たり前だ。ブランコ友だちだと言っていたのに、彼の声に気づいて逃げ出したのだから。

「ごめんじゃなくて、理由を教えてほしい」

「だ、だって、今日……」

冷たい空気が、肺を満たしていく。

走ったせいで熱を帯びた体が、いっそう外気の冷たさを感じさせた。

「優心さん、困ってたでしょう？　わたしのせいです」

「俺が？」

「困ったなって、言ってました」

それに、ため息も。

——こんなことで、泣いたらダメ。わたしが悪かった。それだけのことなんだから。

「誤解させて、ごめん」

手首を握る彼の手は、優しくて温かい。

違うんです。

そう言いかけて、涙声になっている自分に気づく。もう、これ以上彼を困らせたくない。

「あれは、俺が悪い。会社では、いつもどおりでいるべきだった」

「……え？」

見上げた先、優心は顔を背けている。

こちらに向いた左耳がうっすら赤い。

「……俺が、公私混同しそうで不安だった。芽唯ちゃんといると、つい、社長らしく振る舞わなければいけない自分を忘れそうになる。ああ、これはきみのせいだと言いたいわけじゃないんだ。かわいいなと思ったら、頬が緩んでしまいそうになって」

「でも、困ったって言ってました」

「そうだよ。困った。きみがかわいすぎて、昼間の自分を見失いそうだった」

「……ち、違います」

「違うって、何が？」

勘違いしてはいけない。

彼の言っている「かわいい」は、小動物や赤ちゃんに対するのと同程度の意味合いだ。

——だから、お願い。勘違いして、頬を赤くしないで、わたし。

「わたしがミスをしたせいで」

「あのくらいのミスは、誰だってする。間違わない人間なんていないよ」

手首を放され、すぐに熱が頬へと移動する。

だが、触れたのは彼の手ではない。

「ココア……？」

温かな缶を受け取って、芽唯は目を瞬いた。

彼は、駅前のスーパーあたりから芽唯を追いかけてきた。

いつ、ココアを買うタイミングがあったのだろう。

「ちょうど公園に行くのに、ココアを買ったところだった。芽唯ちゃん、ココアが好きだと話していたから」

「……っ、ありがとう、ございます」

一瞬落ち着いた涙腺が、またじわりと弱ってしまう。

誰かの優しさが、胸に沁《し》みる瞬間は今までにも経験してきた。

だけど、それとは何か違う。

今日の失態と、彼を無視した罪悪感という、自分の情けなさを温かいココアが包んでくれる気がした。

「熱かった？」

「ううん、あったかいです」

「外、寒いからね。この季節のブランコは座るところが芯まで冷たい」

言われてみれば、たしかにそうだ。

「でも、芽唯ちゃんはブランコが好きなんだよね」

――それは、優心さんも同じじゃないの？

黙って彼を見つめると、優心が困ったように微笑んだ。

「寒いから、ブランコはしばらくやめておこうって言われたら困る」

「……わたし、優心さんのことを困らせてばかりですね」

「そうだよ。俺はきみに関して、どうしたらいいかわからないことばかりなんだ」

——それって、どういう意味？

期待したくなるのは、芽唯が彼に恋をしているせいだ。

自分と同じように想ってくれているのではないかと、心が先走ってしまう。

そんな都合のいい話があるものか。彼ならば、芽唯よりもっと優しくて有能で家柄のいい女性と恋をすることができる。

そう考えてから、自分の浅慮に視線を落とした。

誰かを好きになるのに、条件なんて考えるだろうか。

少なくとも芽唯は、肩書や外見で人を好きになるわけではない。

気づいたら、好きになっていた。

——なのに、優心さんを条件の良し悪《よあ》しで恋をするみたいに判断するなんて、最低だ。

「ああ、そうだ。使い捨てカイロも準備してきたんだ。だから、」

コホン、と彼は咳払《せきばら》いをひとつ。

「一緒に公園へ行きませんか？」

ダークグレーの手袋をした左手を差し出して、彼が目を細める。

「……はい。行きます」

彼の手に、自分の手を重ねる。

それがとても自然なことに思えた。

実際に手をつなぐと、ぜんぜん自然なんかじゃない。

むしろ、歩き出したふたりの間には沈黙ばかりが流れていく。

——どうしよう。何か、何か話題を……。

「公園の手前にベーカリーがあるんですけど」

「ベーカリー？　そんなのあったか？」

「あります。夜は閉まっているから、気づきにくいですよね」

先日、週末に店を覗きにいってみた。

すると、歩道に二十人以上の列ができているではないか。

「あそこのお店、ベーカリーにしては珍しくお昼にオープンするんです。それに、すごく並ぶって前から聞いていて」

「うん」

「だから、ネットで時間を調べて行ったのに、オープンして三十分くらいの時点で、もう長蛇の列ですよ」

「それはすごい。みんな、何を目的に並んでいるんだろう」

「角食《かくしょく》です」

「角食？」

「いわゆる、普通の食パンです」

「……まさか。食パンを買うために並ぶ必要なんて」

「それがあるんです。都内だと、ほかにもいくつか食パンの有名なベーカリーがあって、銀座のお店もすごく並びます。でも、仙川でもそうなんだってびっくりしました」

「すごいな。食文化は大事だ」

なんてことのない話をしながら、夜道を歩く。

——ほんと、食文化って大事。なんてことない話題だったけど、ここまで会話がつながる。ありがとう、ベーカリー。

そうしているうちに、噂《うわさ》のベーカリーを過ぎてふたりは公園の敷地内に入った。

ブランコの前で、どちらからともなく手を放す。かすかな離れがたさは、ぐっと胸の奥に押し込めた。

いつものブランコに座ると、こんな寒空の下だというのに慣れ親しんだ我が家に帰ってきたような気分になるのはおかしな話だ。

そもそも、この公園を知ってからまだそれほど時間は経っていない。

「寒い　でも、やっぱりブランコっていいですね」

「そんなに好きなんだ？」

「はい。真冬は無理かもしれませんけど」

「ほんとうは、寒いところばかりじゃなくて、家に誘ったりもしたいんだけどね」

急な言葉に、息を呑《の》む。

「ど、どういう意味ですか？」

「そういう意味ですよ？」

質問に、疑問符のついた語尾で返されて、まったく意味がわからない。いや、わからないふりではなく、ほんとうにわからなくなってしまった。

――優心さんのマンション。この前、駐車場に行ったけど。

彼の部屋に招待してくれるというのは、ブランコ友だちとして？　あるいは、彼は素を知る相手ともっとゆっくり自宅で過ごしたいと考えているのか？

――わからないんじゃなくて、期待したくない。だって、勘違いだったらきっと寂しくなるから。

揺れるたび、きい、きい、とブランコのチェーンが音を立てた。

「ところで、今さらなんだけど」

「なんでしょう？」

「芽唯ちゃんは、どうして夜にブランコなんて乗るようになったのかな？　遅い時間にひとりだと危ないから心配だよ。今は、俺がいるからいいんだけどね」

そういえば、と芽唯は思う。

夜の公園に行くようになった理由を、彼に話したことはなかった。

「昔からブランコが好きだった？」

「実は、自分がブランコを好きだったと思い出したのも最近なんです。普段、ブランコに乗る機会なんてそうそうないですし」

「つまり、何かきっかけがあって夜にひとりで公園に行くようになったのか」

「そう、ですね。ご存じのように、わたし、最近、仙川駅の近くに引っ越したんです。もとは調布が最寄り駅だったので、それほど離れてはないんですけど」

彼は黙って話を聞いてくれている。

「今年の春に、隣室に引っ越してきた男性が、なんて言うんでしょう。妙に親しげ、というか……。ちょっと距離感のバグった感じだったんです」

その相手から、ストーカーまがいの行為をされて怖くなったこと。

仕事が終わってもマンションに帰ると、隣にその人がいる。そう思うと帰宅がつらくなってしまい、ある夜なんの気なしに帰り道の公園でブランコに乗ってみたこと。

そうしたら、自分が幼いころにブランコが大好きだったことを思い出したこと。

順番に話していくと、優心がとても心配そうに眉根を寄せた。

「警察には言った？　物件の管理会社とか……」

「いえ、お隣さんだし、事を荒立てるのもイヤだったから引っ越したんです」

事なかれ主義は、ときとして自分の首を絞める。

わかっていても隣人と揉《も》めるのは避けたかった。

「そうか。芽唯ちゃん、実家は？」

「西東京市《にしとうきょう》です。大学進学のときにひとり暮らしをして、そのまま今に至る感じですね」

「頼れる相手は、いなかった？」

彼はブランコから飛び降りると、芽唯の正面にあるブランコの柵にもたれかかった。

ぶつかるほどの距離ではない。

けれど、ブランコの揺れに合わせて、彼に近づいて離れて、離れて近づく。

——なんだか、不思議な感じ。

「頼れる、相手、ですか……」

家族、友人、会社の先輩たち。

相談したら、きっと相手を心配させてしまう。

だから、引っ越しを終えてから、先輩たちにだけ事情を話した。

ほんとうは理由を言わずに転居だけを伝えたかったのだが、秘書課でその話をしたのには理由があるのだ。

もともと芽唯は先輩たちの言う『食事会』にはあまり参加しないほうだったが、しばらくは男性と知り合うのが少し怖いので遠慮したい、と正直に説明した。

そうでないと、毎回断るのがつらかったのだ。

どうしてもっと早く相談してくれなかったの、と言われた。きっと、彼女たちは親身になって相談に乗ってくれただろう。それはわかっている。

だからこそ、言えなかった。

芽唯は、周囲に迷惑をかけるのが嫌だった。

家族や友人には、気分転換に引っ越したと言ってある。

事実、気分は変わった。まんざら嘘でもない。

「あの、こうして聞くと心配に思われるかもしれないんですけど、ほんとうにたいしたことじゃなかったんです。だから、引っ越しが終わるまでは誰にも言わないって決めていて……」

ざ、ざざっ、と砂に足をついてブランコを止める。

すると、優心が近づいてきて左手でチェーンを握った。

「そんなわけないだろ」

「え……」

冬の夜空を背に、彼は真剣な目で芽唯を見つめている。

「たいしたことじゃないなんて、そんなわけないいんだ。引っ越しをしなきゃいけないほどに、きみに追い詰められていたんだから」

手袋をしたまま、優心が右手で芽唯の肩をそっとつかんだ。

手袋越しでも、熱は伝わる。優しさも、伝わってくる。

「よくがんばったね。ひとりで耐えて、逃げ切った。それは立派だよ。だけど……」

「優心、さん……」

「だけど、もし俺がそのときそばにいたら、絶対にひとりになんてさせなかった。芽唯ちゃんを危険な目にあわせたくない」

――優しい人なんだ。

冷血社長なんて言われているのが不思議に思えるほど、目の前の彼は相手を思いやる優しさの持ち主だ。

こうして彼の手のぬくもりを感じていると、彼の心がどれほど温かいかを想像してしまう。

他人のことで、こんなにも心を痛めてくれる。

――わたしの好きになった人は、そういう人。だからこそ、心配してほしくない。

芽唯は、過去を振り切るつもりで笑顔を作った。

「ありがとうございます。きっと、もう大丈夫です。引っ越しをして、今のわたしの居場所はわからないはずですから」

「でも、今も夜の公園でブランコに乗ってる」

「それは……」

最初は、なんとなくクセだった。

今は、優心と話すのを楽しみに公園へ通っていると、彼は気づいていないのだろうか。

――とはいえ、今日は避けようとしちゃったけど。

彼が追いかけてきてくれたから、今ふたりで過ごせている。

ポケットには、冷めかけのココア。

その重みの分だけ、優心に大切にされていると思いたい。

「もし、芽唯ちゃんが公園に来てくれなくなったら、俺はきみとこうして話せなくなる」

「でも毎日、会社では会ってます」

「そういう意味じゃないよ」

せつなげな眼差しで見つめられ、思わず心があふれてしまいそうになる。

自覚したばかりの恋でも、恋は恋。

この気持ちを伝えたくなる反面、強いブレーキも利いていた。

彼は自社の社長なのだ。

自分は彼の秘書という立場にあり、毎日顔を合わせる相手なのは間違いない。

そんな状況で、告白してフラれたら、仕事に行きにくくなってしまう。

優心だって気まずいに違いない。

だから、この気持ちは口に出しちゃダメ。好きになっちゃ、ダメ。

彼は両手で芽唯の右手を包み込む。

「もし、今度何かあったらかならず俺に言ってほしい」

「今度って、不吉なこと言わないでくださいよ」

「冗談じゃなくて。俺が、いつでも駆けつけるから」

「……真夜中でも？」

「もちろん、二時でも三時でもすぐに行く」

「大雨だったら？」

「車で行くから心配いらない」

「じゃあ、大雪だったら？」

「雪を漕《こ》いでいくよ」

真剣な目の優心に、どうしようもなく気持ちがこみ上げてくる。

「だから、絶対連絡して。いいね、約束だよ」

「わかりました。まずは、そんな事態にならないことを願っておいてください」

「……」

「え、待って。どうして黙り込むんですかっ」

「俺は、もしかして芽唯ちゃんに真夜中、呼び出されたいのかもしれないなって」

「ダメですよ。それって、わたしが緊急事態ってことになっちゃいます！」

「それは困る」

「でしょ？　じゃあ、平和がいちばんです」

そろそろ遅くなるから帰りましょう、と芽唯が立ち上がる。

優心は握った手を離してくれない。

「優心さん？」

「……離したくない」

――わたし、あなたのことを好きになってもいいんですか？　好きでいても、いいんですか
……？

互いの感情が、冷たい空気を媒介に伝播《でんぱ》する。そんな錯覚に陥った。

勝手に、芽唯が妄想しているだけだ。

わかっている。わかっているのに。

「好きだよ」

「……優心、さん？」

信じられない言葉に、耳を疑う。

彼はせつなげに、けれどとても穏やかに微笑んでいる。

芽唯の心は、どうしようもなく彼に引き寄せられていった。

「きみのことが好きなんだ。俺を、花嬉の社長としてじゃなく、ひとりの男として見てほしい」

「あ、あの……」

「芽唯ちゃんだけが、俺を俺のまま受け入れてくれる。きみといるとき、呼吸が楽になるんだ。これからも、ずっと一緒にいてほしい」

――嘘、優心さんがわたしを……？

時間差で、かあっと頬が熱くなる。

「ごめん。ひとりの男として、なんて言っても無理なのはわかってる。きみにとって俺は仕事上の相手で――」

「わたしも、好き……」

考えるよりも早く、唇が言葉を紡いでいた。

優心が、目を瞠る。

「芽唯ちゃん？」

驚きは、彼もまた芽唯が同じ気持ちだと気づいていなかった証拠だ。

「ほんとうは、クリスマスも大晦日《おおみそか》も一緒にいられたらなって思ってました。優心さんと、一緒に……」

刹那、彼はつかんでいた手を引っ張る。

芽唯の体が、ぎゅっと力強い腕に抱きしめられた。

「好きでいても、いい？　これからも、俺と一緒にいてくれる？」

「はい。わたしも、もっと優心さんのこと好きになってもいいですか？」

好きにならないよう、必死でこらえる覚悟をしていた。

だけど、そんなの無駄だった。

彼といると、ただ心が引き寄せられていく。

彼の引力に逆らえない。

どうしようもないほど、心がいつも優心を追いかけていた。

「もっと、好きになって。俺のほうが芽唯ちゃんを好きだから」

「ふふ、じゃあ、もっと好きになります。覚悟しておいてください」

ふたりは静かに唇を重ねる。

夜の公園に、かすかな熱がともった。

唇と唇でしか交わせない甘い約束とともに、冬の恋が始まる。

・・・・・┃・・・・・・・・・・┃・・・・・

――昨晩は、マンションまで送ってもらっちゃった。

火曜日の朝、芽唯は満員の井の頭線でもみくちゃにされながら、まだ昨晩の余韻に浸っていた。

唇が、むずがゆい。

気づくと、下唇に触れてしまう。

家を出る前に塗った口紅が、剥《は》がれてしまいそうだ。

これまでにも恋に恋するような片思いをした経験はある。

だが、自分から告白するまでは至らず、たいていの場合なんとなく想いは薄れていった。

——優心さんが、わたしの恋人。初めての彼氏、なんだ。

初めての恋人が、まさか優心になるだなんて考えもしなかった。

あまりに恐れ多くて、そんな想像をするのもおこがましい。そう思っていたのに。

——会社では、今までどおりにしようって話したけど、わたしちゃんとできるかな。優心さんに迷惑をかけないようにしなくちゃ。

昨日、間違えてしまったＨＡＮＡＫＩモバイルの明峰専務は、本日来訪予定だ。

福岡県八女市から取り寄せた玉露を淹れることを考えると、恋とは別の回路が働く。

お茶をおいしく淹れるのは、芽唯の数少ない特技だ。

——そういえば優心さん、お茶は好きかな。あまり好みについて話す人じゃなかったから、どのお茶が好きか聞いたことがなかった。

秘書は、自分が担当する役員の好みを把握している。

お茶やお茶菓子、食事はもちろん、飛行機での出張となればどこの航空会社を好んでいるか、ホテルはどういうタイプの部屋が望ましいか。

ときには、替えのネクタイを用意しておくこともあるし、頼まれてワイシャツを注文したという先輩の話も聞いたことがあった。

けれど、優心はそういう希望のない人だ。

もちろん、言ってくれなくても察するのがプロの秘書だと言われればそれまでだが、人間の想像力で補うには限界がある。

——社長の好みじゃなくて、優心さんの好みなら、聞いたら教えてくれるかもしれない。

仕事中は、あまり個人的に関われない。

だから、せめておいしいお茶を淹れてあげたい。

彼の仕事中の負荷を、少しでも減らせたらいい。

混み合った井の頭線を、京王線渋谷駅で降りる。

外に出ると、吐く息が白い。

——あ、社長のマフラー！

借りたマフラーを紙袋に入れて持ってきたものの、電車の中で少しくしゃくしゃになってしまった。

マフラーがないせいで、優心は寒い思いをしていないだろうか。

——会社で返すのはいろいろ問題があるから、帰りに公園で返そう。

芽唯は、会社までの道を早足で歩く。

昨日までと同じ道なのに、なんだか世界がキラキラと輝いて見えた。

今日から新しい一日。

優心の彼女としての、一日が始まるのだ。


花木優心は、自分が帝王と呼ばれているのを耳にするたび、小さく自嘲する。

――その呼び名がふさわしいのは、俺ではなく兄さんのはずだった。

一日の仕事を終え、社長室でひとり。

優心はネクタイの結び目に人差し指を入れて、緩めようとして手を止める。

窓の外には、渋谷の街並みが広がっていた。

ガラスに映る自分が、最近兄に似てきたように感じる。

兄は三十九歳で亡くなった。

そのときの年齢に追いつくまで、あと八年。

――俺は、兄さんみたいになれるだろうか。いや、兄さんにはなれない。せめて、兄さんが思い描いていた会社の未来のほんの少しでも、実現できるだろうか。

兄の優馬は、インターネットサービス業界において抜群の才覚を持つ人物だった。

若くして起業し、他企業の二歩も三歩も先を行っていた。

その結果、花嬉はここまで大きくなったと言っても過言ではない。

普段は温厚で優しく、それでいて納得のいかないことには頑として首を縦に振らない。

しかし、意見が対立したときでさえ、兄は相手を追い詰めるような物言いを決してしなかったのを覚えている。

誰からも愛される人だった。

それは、兄が周囲の人々を愛していたからだと、今ならわかる。

起業初期、花嬉という学生の作ったベンチャー企業の成功を快く思わない者たちもいたと聞いている。

メディアは兄の実績ではなく、整った顔立ちばかりをもてはやした。

胡散《うさん》臭いジョイントベンチャーの提案から、意味のわからない訴状で会社を奪い取ろうとする者、果ては反社会的勢力を紹介されそうになったこともあるそうだ。

それでも、兄はひとつひとつを丁寧に吟味して選別し、後ろ指をさされることなくクリーンな企業のままで成長していけるよう専門家たちと話し合った。

思えば、兄には大きく分けてみっつの才能があったのだろう。

ひとつは、人を愛する才能。

次に、斬新なアイディアで大きな利益を生み出す才能。

最後に、自社を大切に育てるために正しい道を選ぶ才能——これこそ、強さと言い換えてもいい。

インターネットサービスからスタートした会社は、兄の才覚によってＥＣモールとして大きく花開いた。

その後も、手広く展開した事業は当たり続け、ついにモバイルサービスやフィンテックサービスに食い込もうとした矢先、兄は病に倒れたのだ。

先見の明がある優馬を亡くして、花嬉はもう終わりだと言う人も多かった。

その気持ちがわからないとは言えない。

この会社は、兄の人徳で作られてきた。

初期からいる社員たちは皆、兄の友人だ。

様々な能力に秀でた彼らが社をもり立ててくれたのは、ひとえに兄という楔《くさび》があったから。

兄が会社を優心に譲ると決めたとき、反対した人間は少なくない。

それでも、兄は後継者に弟を選んだ。

結果としていうならば、誰もが兄の選択を支持した。

花木優馬というのは、そういう愛され方をした人物なのだ。

優馬が決めたなら、それがいちばんいい。

当初反対した人たちは、最終的に皆口を揃《そろ》えてそう言った。

二代目社長となった優心は、兄の遺志を受け継ぎ、必死でこの七年間、事業展開に没頭してきた。

――わかっている。これは俺の実力じゃない。兄さんがしっかりした土台を作っていてくれたから、事業計画書を準備していてくれたから、たくさんの人と縁を結んでいてくれたから、手綱を握っているだけで会社は大きくなった。

この七年間、優心は自分というものを殺して、ひたすら社のためだけに時間を費やしてきた。

それでもまだ、兄に報いることはできていない。

兄がいてくれたから、自分は孤独に苦しむことなくやってこられた。

――俺は、兄さんにはなれない。だけど、俺のままで幸せにしたいと思える相手に出会えた。

彼女を幸せにしたい。

それがおこがましいことならば、せめて彼女が笑っていられるように尽力したい。

自分にできることが、きっと何かあるはずだ。

・……‖……・……‖……・

五歳まで、優心の名字は花木ではなかった。

今となっては、はっきり覚えていない。ちょっと変わった響きの、漢字でどう書くのかも知らない名字だった。

それまで、母とふたりで小さなアパートに暮らしていた。

ベランダに小さなプランターがあって、母はそこで薬味になる野菜を育てていた。

おそらく生活はあまり楽ではなかったのだろう。

夏になると、狭いコンロに麦茶を沸かすやかんが置かれていた。

ペットボトルの飲料は、病院へ行ったときだけご褒美に買ってもらえるものだった。

母は、感情の起伏が大きい人だったけれど、優心のことをとても大事にしてくれた。

「優心の名前はね、お父さんがつけてくれたのよ。今は一緒に暮らせないけれど、お父さんも優心のことを愛しているから安心して。その証拠が、あなたの名前なんだから」

今にも消えてしまいそうな儚い笑顔で、母はよくそう言って優心を抱きしめた。

そして、ある日。

母は、優心を見知らぬ邸宅の前に立たせた。

「いい、優心？　誰かが来たら、このお手紙を見せるの。優心がちゃんとできるように、お母さん遠くで見ているからね」

「うん、わかった」

「いい子ね。大丈夫、優心ならできるわ」

「おかあさん、みててくれるんでしょ？」

「ええ。見てるわ。遠くから、ずっと……」

あのときはわからなかったが、優心が持たされていたのは身分事項に認知日と認知者の氏名、戸籍の記載された戸籍謄本だったという。

母が見ていてくれるなら安心だと、五歳の優心は誰かの家の前で長い時間、ひとりで立っていた。

当時は気づかなかった。

遠くで見ているという母の言葉は、自分が思っていたのとは違う意味だったということを。

「おかあさん、どこ……？」

だんだん日が暮れていき、トイレに行きたくなって、心細くなって、しくしくと泣き出したころ、優しそうな顔の青年が近づいてきたのを覚えている。

「きみ、どうしたのかな。迷子になった？」

「おかあさんが、ここでおてがみ、みてねって、みてるからねって、でもぼく、おといれいきたいの、おにいさん、おといれどこ？」

しゃくりあげる優心の頭に、青年がぽんと手を置いた。

「おいで、トイレならこっちだよ」

屋敷の中に案内されて、五歳なりの自尊心を守ることができた。

そして、トイレから出ると知らない大人たちが廊下で優心を待ち構えていた。

「きみは優心くん？」

「おにいさん、どうしてなまえしってるの？」

持っていた手紙を、彼にわたしていた。

そこに書かれた情報から、彼らは察したのだろう。

優心がこの家——花木家主人の息子であるということを。

「それはね、僕がきみのお兄さんだからだよ。こんにちは、小さな弟くん」

あれから、母とは一度も会っていない。

優心はしばらくすると、花木姓を名乗るよう言われて、通っていた保育所ではなく私立の幼稚園に入園させられた。

名前をつけてくれたという、自分を愛しているはずの父は、目も合わせてくれなかった。

兄、優馬の母である人は、優心の世話をすべてシッターに任せた。

母と暮らしていたアパートに帰りたい、と泣き続けても、誰も声をかけてくれない。

大人たちはひどく冷たく見えた。

その中で、当時大学生だった優馬だけが、優心に心を砕いてくれた。

十五歳上の兄は、夢見ていた父のような存在だったのだ。

優しくて、温かくて、おねしょをしても笑って一緒に片付けてくれて、ときどき甘いケーキを部屋まで持ってきてくれた。

小学校に上がると、宿題を教えてくれたし、夏休みにはプールに連れていってくれた。

学生時代から忙しくしていた兄を見て、大学生は大変だなと思っていたが、あのころ兄はすでに起業していたのだろう。

それでも兄は、時間を作っては優心をひとりぼっちにしないよう尽力していた。

運動会も授業参観も、いつだって来てくれるのは兄だけだった。

同級生の家庭とは、あまりに違いすぎている。

兄は優しかったが、それだけでは幼い優心を満たすことはできなかった。

初めて家出をしたのは、小学校二年生の夏のこと。

夕方に自転車で隣駅まで向かった。

なさぬ仲の子どもとはいえ、継母は優心に自転車を買い与えるよう指示し、毎月小遣いもわたされている。

財布いっぱいに貯《た》めた小遣いをリュックに入れて、どこへでも行ける気持ちで夕暮れの中を自転車で疾走した日。

次第に夜が訪れて、優心は怖くなった。

このまま、どこにも行けない。

行く道も帰る道もわからなくなって、公園のトンネルで膝を抱えているうちに、自分を置いて姿を消した母の名前を呼ぶ。

だが、彼女はきっと二度と優心を迎えにはこないのだろう。

幼心に、その事実を察していた。

——誰もぼくのことを探しになんかきてくれない。もうおうちにも帰れない。

泣きつかれて眠りこんだ、深夜二時過ぎ。

「優心、こんなところにいたのか。心配したよ」

息を切らして、汗だくの兄がトンネルを覗《のぞ》き込んだ。

「おにい、ちゃん……？」

「よかった。悪い人に誘拐されていたらどうしようと思った」

善良で誠実な兄が、本心からそう思っているのは優心にだって伝わっている。

しかし、この兄もまた花木家の人間にほかならない。

——ぼくなんていなければいいんでしょ。

抑え込んでいた気持ちが、マンホールの蓋を持ち上げるようにむくむくと湧き上がってくる。

「……ぼくなんて、いらない。みんな、ぼくのことをいらない子だって思ってるくせに」

「どうして？　優心は、大事な弟だよ」

「おかあさんがちがうのに？」

「そうだね。お母さんもお父さんも違ったとしても、僕は優心を弟だと思ってる」

「へんなの。兄弟は、血がつながってるから兄弟でしょ」

「血がつながっていなくたって、兄弟にはなれるよ。たとえば、今からやっぱり優心と僕は血がつながっていませんでしたって言われても、僕はきみのことを自分の弟だと思う」

「……おとななのに、お兄ちゃんはへんなこと言う」

「いつかきっと、優心も大人になったらわかるよ。大事なのは、血じゃないんだ。相手を自分の大事な人間だと思うかどうかだから」

兄の言葉は、あのころの優心にはちっともわからなかった。

だけど、わからなくても心には残っていた。

もしも。

自分が誰とも血縁関係になかったとしても、兄は見捨てないでくれる。

心からそう思えたのかもしれない。

「ほら、出ておいで。そんな暗くて寒いところにいたら、心まで孤独になる。見てごらん、今夜は満月だ」

兄に手を引かれてトンネルから這《は》い出すと、空には大きな丸い月が輝いていた。

「優心、ブランコの立ち乗りできるようになったか？」

「とっくにできるよ」

「じゃあ、僕と勝負しよう」

十五歳も上の兄は、子どものように深夜の公園ではしゃいでいた。

今にして思えば、優心の気持ちを和ませようと必死だったのだろう。

当時、兄はまだ二十二歳。

自分からすれば父のような存在ではあったけれど、父親を演じるにはあまりに若かった。

「優心はブランコの立ち乗りがうまいなあ」

「お兄ちゃんのほうが高いとこまでこいでる。ずるいよ、大人なのに」

「ははっ、そうだな。ずるいよね。だけど、あと十年もしたら僕よりもっと高くこげるようになる。僕も優心も父さんに似ているから、きっと背が高くなるだろうしね」

「……ぼく、十七歳になってもブランコに乗ってるのかな」

「そんなこと言ったら、二十二歳にもなってブランコに乗ってる僕の立場はどうなるんだ」

「あはは、お兄ちゃんは大人なのにね」

「大人だって、ブランコに乗りたい夜もあるんだよ」

夜のブランコは、優馬の思い出でいっぱいだった。

兄がいてくれたから、居場所が与えられた。

優馬の弟という席をもらえたことで、自分はここにいていいんだと思えた。

けれど、兄は三十九歳でこの世を去った。

もっと話したかった。

もっと兄と過ごしたかった。

兄の会社で、いつか兄の右腕になるのが、幼いころの優心の夢だった。

三年前、新人秘書として顔を合わせたときのことを、今でも覚えている。

社内では気を引き締めて、心をあらわにしないよう、感情を見せないよう、自分を律すること に慣れた時期だったのに。

「今日から社長のもとでお世話になります。塚原芽唯と申します。ふつつか者ですが、末永くよろしくお願いいたします！」

「プッ……！」

隣にいた先輩社員が、こらえきれずに顔を背けて口もとに手を当てる。

「え」

ふつつかな新人秘書は、驚いた様子で先輩に目を向けた。

「なんだか結婚の挨拶みたい……」

「え、え、あっ！」

自分の言った挨拶を脳内で反芻《はんすう》したのか、彼女は真っ赤になって目を瞠る。

それから一瞬、困った顔をして。

次の瞬間、彼女は「自己紹介で人格が出るタイプです」と笑った。輝く笑顔だった。

目を奪われるとは、心を奪われることだ。

だが、その感情を表に出すことはできない。

自分には、兄との約束がある。

一方的に優心がそう思っているだけなのは、わかっているのだ。

兄は『無理すんなよ』と言った。

それでも、守りたいもの。兄の遺《のこ》した会社を、自分が生きている間は精いっぱい成長させていきたい。


――なあ、兄さん。俺、好きな子がいる。

かつて、兄が使っていたデスクを、新社屋にも運んできた。

天板に手を置いて、優心は目を閉じる。

――できることなら、兄さんにも会わせたかった。彼女はとても明るくて朗らかで、冬でも隣りにいるだけで温かい気持ちになれる人なんだ。

実家を出て、今の優心に残された思い出の品はこのデスクだけだった。

彼女と恋をする機会が訪れるとは、三年前は思いもよらなかった。

偶然、夜の公園で芽唯と出会い、必然、優心は彼女に惹《ひ》かれる自分を抑えられなくなって。

いくつもの偶然が、やがて必然に変わっていく。

あるいは、必然が先にあったからこそ偶然という形で今の事態にたどり着いたのだろうか。

どちらでも構わない。

彼女と、一緒にいたいと心から願った。

「週末を一緒に過ごしたい」

金曜の朝、ノックをして社長室に入った芽唯に、優心は開口一番そう言った。

「しゃ、しゃちょう……？」

仕事中に、そんな発言をするのは彼らしくない。

だが、彼らしいとはなんだろう。

そんなことを考えていると、彼は左手首の腕時計を目の高さに上げた。

「今日の塚原さんは、いつもより一分早く来た。つまり、今のきみはまだ秘書の塚原さんではなく、俺の彼女の芽唯ちゃんということで。残り二十六秒。芽唯ちゃん、週末、俺のマンションに来ませんか？」

「は、はいっ、行きますっ」

残り秒数を提示されているため、こちらもなんだか気が急いてしまう。

――え、行きますでよかったの？　正しい答えは何!?

返事をしてから、慌てる気持ちが追いかけてきた。

「それでは時間になったので、今日のスケジュールをお願いできるか、塚原さん」

瞬時に表情を切り替えた彼は、もう芽唯の知る『優心さん』ではない。日本トップクラスの大企業花嬉の社長の顔をしている。

「ず、ずるい！」

「ずるくない。どうしたんだ、仕事の時間だろう」

——うう、絶対、今のタイミング見てた！

芽唯が反射的に回答するのを、優心は見越していたに違いない。

その場合、答えはたいていがイエスかノーになる。そういう質問をしているのだから。

彼は、どこまで予想していたのだろう。

「本日の予定は、午前中にＨＡＮＡＫＩカードとＨＡＮＡＫＩ銀行のキャンペーンについて、マネジメント業者からの提案があります。昼食は、銀座『永《なが》の音《ね》』にて——」

タブレットのスケジュールを読み上げながら、週末とはいつからを指すのか芽唯は考えている。

今日は金曜日。

本日の定時をもって、週末に突入するのだとしたら、彼の言う週末は今日だ。

だが、土日を指して週末と言うこともあるだろう。

——待って、それってつまり、お泊まりってこと？

さすがにそれは早い。早すぎる。

しかし、恋愛経験値の低い芽唯だからそう思うだけで、大人の恋愛はスピード感勝負なのだろうか。

「本日の予定は以上になります」

「ああ、ありがとう。ひとつ付け足してほしい」

「なんでしょうか？」

「定時で上がったら、塚原さんには役員駐車場まで来てもらいたい」

「……あの、それは」

——ほんとうに、業務ですか？

「その後、我が家で打ち合わせだ」

「社長」

宿泊ですか？　日帰りですか？

その聞き方はあまりに野暮で、芽唯は言葉に詰まる。

「それとも、いつもの公園のほうがいいだろうか？」

「そちらで！　お願いいたします！」

勢い込んで答えると、彼の左眉がぴくりと動いた。それは、了承の合図だったのかもしれない。

「わかった。以上、今日もよろしく頼む」

「っっ……はい、失礼いたします」

芽唯が当惑しながら部屋を出ていくのを、彼は楽しそうに見ていた。

楽しそうにっ

ドアを閉めてから、ふと気づく。

社内で業務時間内に、優心が感情を見せるだなんて初めてのことだ、と。

・・・・・―・・・・・・・・・―・・・・・

びしょ濡《ぬ》れの芽唯は、初めてお邪魔する優心のマンションの広々とした洗面所でうつむいている。

――うう、どうしてこんなことに……！

髪の毛先から、ぽたりぽたりと落ちる水滴を見つめ、現実から目を逸《そ》らした。

「芽唯ちゃん、これ、タオルをここに置くよ。バスルームはあのドアの先だから、体をあっためておいで」

「あ、あの、でも……」

「着替えは置いてあるから。俺の服で悪いけど。洋服は乾燥機を使って」

「……ありがとうございます」

「わからなかったら、俺が洗濯機を回そうか？」

「自分でします！」

十二月、第三週の金曜の夜。

つきあい始めたばかりの恋人の自宅マンション、それも洗面所になぜびしょ濡れで立っているかといえば、待ち合わせの公園で突然の雨が降ったせいだ。

——わたしが折り畳み傘を持っていなかったのも悪い。

なんにせよ、芽唯は冬の冷たい雨に濡れて頭からつま先まで冷え切っていた。

公園のすぐそばにコンビニがあるのだから、一瞬、買いに走ることだってできた。わかっている。

けれど、もしもその一瞬で優心が公園に来ていたら？

芽唯がいないのを見て、怖気《おじけ》づいて帰ったと思われてしまったら？

そう考えると、木陰で待つ以外の方法がない——ような気がした。

だが、今になって思う。

メッセージアプリで『雨が降ってきたのでコンビニの中で待ってます』と送ればよかっただけなのだ。

——ああ、わたしって愚か……。

結果、芽唯は全身濡《ぬ》れ鼠《ねずみ》の状態で、優心のマンションに連れ帰られた。

そして、今。

バスルームを使うよう言われて、ここにいる。

恋人と過ごす初めての週末だ。

確認はしなかったけれど、やはりお泊まりは身に余る。まだまだ恋愛初心者だということを、彼にきちんと話さなくてはいけない。

その段階をすっ飛ばし、これから彼の自宅の洗面所で衣服を脱ぐだなんて。

——この時期、雨は別としても外で待ち合わせをするのは、そろそろつらいかもしれないな。

脱いだ服を空っぽのドラム式洗濯機に放り込むと、乾燥機能をセットする。

優心が置いていってくれたタオルを手に、バスルームに足を踏み入れた。

ほんとうは、芽唯だってわかっている。

ブランコ友だちは、恋人にクラスチェンジしたのだから、無理に公園で会わなくたっていい。

ほかに、彼と会うのに適した場所がある——。

頭から熱いシャワーを浴びて、ふと我に返った。

「あっ！　メイク！」

気づいたときには、もう遅い。

濡らすだけならまだしも、両手で顔をこすってしまったのだ。

アイブロウもアイメイクも落ちかけでは、いっそ全部洗い流すほうがマシだろう。

——大丈夫。メイクポーチは持ってるし、どうにか……！

あとは諦めて、ボディソープで顔をしっかり洗うしかない。

そう思ってから、彼のバスルームにメイク落としがないことに安堵する自分がいた。

バスタブには、お湯がたっぷりと張られている。

浸《つ》かっていいのだろうか。

体を温めておいでと言ってくれたからには、バスタブを使っていいという意味だ。

——うん、そういうことにしよう。

バスタブに体を沈めると、あまりの心地よさに嘆息する。

「はぁ、あったかい……」

冷たい雨でぎゅっと固まっていた体が、芯からほぐれていく気がした。

目を閉じて、バスタブの縁に後頭部をもたせかける。

自分では気づかないうちに、もしかしたら疲労がたまっていたのだろうか。

——初めての恋、しかも実った恋だもの。緊張するのは仕方ないけど。

どこにでもあることかもしれないが、ふたりにもある問題は、会社で関係を秘密にしなければいけない点だ。

社内恋愛の禁止はされていない。

だとしても、社長と社員の恋愛関係は詳《つまび》らかにすべきものとも考えにくい。

周囲に余計な詮索をされないように、いつもの自分たちを徹底して演じようとしていたのも疲労の一因だった。

——そして、わたしはたぶんこの恋に舞い上がってる。

好きな人が、自分を好きになってくれた。

恋人がいないことを寂しく思った経験はない。恋をしないことを不幸と考えた過去もない。

それでも、今ここにある幸福は優心が自分を好きでいてくれるからなのだ。

ふわふわ、ふわふわ。

考えるほどに頭の中がぼうっとしていく。

幸福に酔っている。いや、単に体が温まって眠くなってきて――。

「芽唯ちゃん、起きてる？」

唐突に、バスルームのすりガラスのドアの向こうに人影が見えた。

「は、はいっ。起きました！」

湯の中で体を抱きしめ、芽唯は大きな声を出す。

「つまり、寝てたってことかな？」

「う……、気持ちよくて、つい」

とん、とすりガラスに頭をもたせかける音がした。

「あのね」

彼は静かな声で話す。その声音が好きだ。

「初めて好きな子を家に招いたら、お風呂で溺死されたなんて洒落《しゃれ》にならないからね」

――好きな子、なんだ。彼女とか恋人じゃなくて、好きな子。

彼の言葉が、じわりと胸を熱くする。

「もしもーし、聞いてる？」

「きっ、聞いてます！」

「ということで、芽唯ちゃんが寝落ちしないようにここで話しながら待つことにするよ」

「えっ、そ、そんなお気遣いなく！」

「駄目です。心配で、居ても立っても居られない」

「……優心さんって、心配性ですね」

「あのね、誰が心配させてるのかな？」

「ごめんなさい、わたしでした」

ドアの向こう側とこちら側で、ふたりの笑い声が響く。

芽唯が体と髪を洗い終わるまで、優心はほんとうに脱衣所で話を続けた。

・・・・・┃・・・・・・・・・・┃・・・・・

湯上がりに、鏡の前で髪を乾かし、軽くメイクをして。

借り物のスウェットは、上下どちらもびっくりするくらいに大きすぎる。

——乾燥機は、まだ。

ドラム式洗濯機を覗いて、芽唯は小さく息を吐く。
覚悟を決めなくてはいけない時間がやってきた。
これから、ふたりの夜がどうなるのか。
わからないけれど、リビングには優心が待っている。
――優心さんは、どういうつもりでお部屋に呼んでくれたの？
キスだって、たった一度しかしていない。
この先にある愛情を知りたい気持ちはあるものの、尻込みする自分もいるのだ。
「でも、行かなくちゃ。いつまでもバスルームにはいられない」
自分の背中を押すために、あえて鏡に向かって声に出す。
リビングのドアを開けると、優心は大きなソファに座っていた。
長身の彼が小さく見えるほどに、室内は広い。
シンプルだけどセンスのいい家具は、優心が選んだものなのだろう。
どことなく優しく、温かみの感じられるものばかりだ。
「お風呂ありがとうございました。それに着替えも。まだ服が乾かなくて……」
だから、もう少しここで待たせてほしい。
そう言うつもりだった。
けれど、芽唯が告げるよりも先に、振り向いた彼が、

「もう遅いし、今夜は泊まっていったら？」

軽やかに提案する。まるで、当たり前のことのように。

「えっ、そ、そんな、無理です！」

――泊まる？　優心さんの部屋に？

考えるよりも先に、言葉が口をついた。

「どうして？」

彼は動じることなく、かすかに首を傾げる。

「えっと、えっと……食事もまだですし！」

「じゃあ、デリバリーを頼もう」

「それに、借り物の服です！」

「芽唯ちゃんの服は、明日の朝には乾くよ。心配いらない」

「あとは、その……」

言い訳が見つからなくなって、芽唯はスウェットの裾をぎゅうっと握りしめる。

「わ、わたし、男の人の部屋に泊まるなんて経験ないんですっ」

「……」

必死の訴えに、彼が沈黙した。

――え？　どうしよう。もしかして、引かれた？

おそるおそる彼の顔を見ると、優心は悩ましい様子でひたいに手を当てている。

とりあえず、男性経験がないことに引かれたわけではないらしい。

「芽唯ちゃん」

「はい」

「一応確認するんだけど」

彼はひたいに当てた手を下ろし、芽唯の瞳をまっすぐに見つめた。

「それは、男の人の部屋に行ったことはあるけれど、泊まったことはないという意味？」

「え、いえ、その」

そういう解釈もできなくはない。

——だけど、そういう意味じゃないの。

「それとも、俺以外の誰の部屋にも行ってない？」

だが、自分と違ってきっと恋愛経験値の高い優心にそんなことを言ったら呆《あき》れられるのではないだろうか。

そのとおり。

かすかな不安が胸をよぎる。

——ううん、優心さんはそんな人じゃない。いつだって、相手を尊重してくれる人だって知ってる。だから、わたしはこの人を好きになった。

小さく深呼吸をして、芽唯は口を開く。

なかなか言葉が出てこない。

自分が今まで誰にも愛されたことのない存在だと告げるのは、勇気が必要だった。

「……誰の部屋にも、ないです。優心さんが初めてです」

「うん、わかった。答えてくれてありがとう」

優心は、ソファから立ち上がって両腕を広げる。

「おいで、芽唯」

――あ、名前……。

初めて、名前を呼び捨てにされた。

嬉しくて、恥ずかしくて、胸がせつなくて、彼の誘惑に逆らえない。

芽唯は言われるまま、ソファのそばへ歩いていった。

優心が、優しく芽唯の体を抱きしめる。

彼の胸からは、雨の香りがしていた。

「はあ……」

芽唯を抱きしめて、彼が幸せそうに息を吐く。

「あ、あの、優心さん？」

「きみが、誰かと過ごしていた時間を想像したら、嫉妬で息ができなくなりそうだった」

――そんなに⁉

芽唯は驚きながらも、彼のことが愛《いと》おしくなる。

「芽唯の過去も全部愛する覚悟はあるよ。だけど、考えるだけでおかしくなる。俺の芽唯を、ほかの誰かが……」

「誰もいませんっ。わたし、優心さんが初めての彼氏なんです！」

伝えなくては、と思っていたけれど、こんな形で言うことになるとは。

――怒っているみたいに聞こえたかもしれない。

しかし、彼が気にした様子はなかった。

「ほんとうに？」

「ほんとう、です……」

「嬉しいって、言ってもいいのかな」

「……知りません」

ぷいっと拗《す》ねた芽唯を抱き寄せて、優心がキスをする。

重なった唇に続いて、温かな何かが歯列をノックしてきた。

――え、これ、前と違う……！

驚いて口を開くと、そこに彼の舌がするりと入り込んでくる。

「んっ、ん……！」

舌を絡められ、息ができない。

喉から胸まで甘苦しい感覚が襲ってくる。

芽唯は、無意識に彼のワイシャツに爪を立てた。

「……これも、もしかして初めて？」

何も言えずにうなずく。

もう、隠すことは何もない。

ここにいるのは、自分を愛してくれる人。

彼の前では、取り繕う必要なんてないのだと、優しい声が告げていた。

「かわいい、芽唯」

首筋にキスされて、吐息がくすぐったい。

芽唯はびくりと体を震わせ、彼の腕から逃れようとする。

「や、ヘンなとこ、さわらないで……」

「どこも変じゃないよ。芽唯は全部かわいくて、きれいだ」

ちゅ、ちゅっと首や鎖骨にキスされるたび、自分の中から知らない感覚が湧き上がった。

もっとしてほしい。

これ以上されたら、おかしくなってしまう。

だけど、続きを知りたくて。

「あの、優心さん……？」

——まさか、このまま、ここで？

初めてではあるけれど、芽唯だって恋人同士がキスの先に何をするか知らないわけではない。

二十五歳なのだから、そういう行為に興味だってある。好きな人となら、してみたいとさえ思う。

とはいえ、やっぱり初めてがいきなりソファはどうだろうか。

「芽唯のこと、ベッドに連れていってもいい？」

かすれた声が、愛《いと》しかった。

彼もまた、芽唯を欲してくれている。

——あなたになら、わたしの全部を……。

「連れていって、ください」

彼の首に抱きつくと、そのまま体が宙に浮いた。


寝室には、天窓がぽっかりと丸い口を開けている。

芽唯はベッドに仰向《あおむ》けに横たわり、右腕で目元を浅く隠しながら雨の当たる天窓を見上げた。

——ほんとうに、するんだ。

一度は盛り上がった感情が、冷静さを取り戻して羞恥心を煽《あお》る。

「芽唯」

ベッドに腰をかけて、優心が大きな手で頭を撫《な》でてきた。

「芽唯ちゃんって、呼んだほうがいい？」

「ううん、呼び捨てにしてください。彼氏って感じがして、すごく……」

「すごく、何かな」

「ドキドキ、するんです」

知らなかった。

自分の気持ちを言葉にすることで、体の中の興奮が高まっていくことを。

――わたし、優心さんに名前を呼ばれるの、好き。芽唯ちゃんって甘やかされるみたいに呼ばれるのも、芽唯って独占するみたいに呼ばれるのも……。

「じゃあ、ベッドの中では芽唯って呼ぼう。いいね、芽唯？」

「は、い……」

彼が芽唯の両脇に手をついた。

上半身が影を落とす。

天窓には、雨粒。

唇が甘くわなないて、芽唯はもどかしさから彼の背中に両腕を回した。

「かわいいよ、芽唯」

「んっ……！」

首筋に、やわらかな唇の感触が落とされる。

彼は軽く歯を立てて、甘咬みしながら芽唯の肌を吸い立てた。

——や……！　何？　どうして……⁉

ただ、肌にキスをされているだけなのに。

全身に甘い痺《しび》れが駆け巡る。

「ん、んっ……」

声が漏れてしまうのが恥ずかしくて、芽唯は右手の甲を口に押し当てた。

「こら、声我慢しないで。俺にいっぱい、芽唯の声を聞かせてよ」

「だ、って……」

「だって、何？」

さっきから、優心は芽唯の言葉の続きを逃がしてくれない。

言わせたがりの、優しい支配者。彼は喉元から鎖骨へと、唇で芽唯の輪郭をたどっていく。

「これ、邪魔だね。俺の服を着ているの、かわいくてたまらないけど、今は脱いじゃおうか」

「……でも、あの」

「大丈夫だよ。何も怖くないから」

なだめるような手つきに逆らえず、芽唯は下着姿になる。

胸元が心もとなくて、ブラから覗くやわらかな肌を両手で隠そうとする。

しかし、彼はそれを許さなかった。

芽唯の手よりも先に、胸元に鼻先を寄せた。

「や、優心さん……っ」

「肌、すごくきれいだ。どこもかしこもやわらかくて、キスしたくなる」

背を撫でる彼の右手が、ぷつりと音を立ててブラのホックをはずす。

「っっ……！」

両肩からストラップがはずされて、芽唯の素肌が彼の前であらわになってしまう。

ふっくらと形良い左右の胸が、心臓の鼓動に合わせて震えていた。

――わたしの、体。優心さんに見られてる。

耳まで真っ赤にした芽唯は、泣きそうに眉尻を下げて彼を見上げる。

「そんな顔されると、たまらないな」

「そ、そんな顔って、どんな顔してるんですか、わたし」

「自分では自覚してない？　無自覚の誘惑顔だよ」

「ゆ……っ!?」

両手で頬を挟んで、芽唯は目を瞬いた。

「ははっ、かわいすぎ。芽唯は、困っていても笑っていても、きっと泣いていてもかわいいんだろうな」

「う、泣かせないでほしい、です」

「はい。善処します」

冗談めかして言いながら、彼は芽唯の左胸を大きな手で包んだ。

「ぁ……っ」

胸の先端が、彼の手のひらに触れる。

わずかな刺激だというのに、体がビクッと震えてしまう。

――やだ、どうして。声が出ちゃう。

「ここも、すごくかわいいよ」

「そ、そんなこと、言わないで……」

「芽唯の体の全部、愛しくておかしくなりそう。全部、俺だけのものにしたい」

裾野を手のひらで持ち上げて、優心は膨らみにそっとくちづける。

初めての感触に、体が逃げそうになった。

――恥ずかしい。優心さんが、わたしの胸にキスしてるだなんて。

「っっ……ん、っ」

「白くて、簡単に跡がついちゃいそう。芽唯の感じやすいところに、キスしても大丈夫かな」

「ま、待ってくださ……」

「待てそうにないって言ったら、どうする？」

仕事中の、無表情で冷徹な印象の彼。

ふたりきりでいるときの、優しくて温厚な彼。

そして今、また芽唯の知らない顔を優心が見せている。

情欲《じょうよく》に声をかすれさせ、雄の顔をした、彼——。

「優心、さん……」

「ごめん、怖がらせちゃったかな」

芽唯は、違う、と首を横に振った。

彼が怖いのではなく、したことのない行為への不安があるだけだ。

優心に触れられるのは、恥ずかしい。だけど、もっと触れてほしいと願う気持ちもあるのだから。

「……して、ください」

「芽唯」

いいの、と彼の目が問うた。

何も言えずに、芽唯はまぶたを下ろす。

次の瞬間、胸の先に濡れた温かなものがちろりと触れた。

「！　ぁ、ああッ」

唇が、乳首を食《は》んでいるのだとわかるまで、数秒を要した。

じんじんとせつなく疼《うず》く快感に、芽唯は知らず腰を揺らしている。その動きが、彼を誘うだなんて考えもしなかった。

——何、この感覚。優心さんにキスされて、体中が敏感になっていく。

「ん、んっ……、や、ぁ……」

「ここ、硬くなってきちゃったね」

自分の体がどうなっているのか、わからない。

彼の言葉に目を開けるのと、優心が唇を離して舌で先端をかすめるのが、ほぼ同時だった。

芯が通ったように突き出た乳首を、赤い舌が翻弄する。

「やぁっ、ん、んっ、それ……っ」

「嫌?」

「ち、がうの、きもちぃ……ッ」

ぴちゃぴちゃと音を立てて、彼が舌先で芽唯を狂わせてしまう。

根元を舌で舐《ねぶ》られると、腰が浮きそうになった。

「気持ちいいんだ?」

「んっ、ぁ……」

「芽唯、かわいい」

「やぁッ……!」

ねっとりと舐《な》められれば、どうしようもないほど甘い疼きが体の深いところにたまっていく。

彼の舌は、熱くみだらに芽唯をあやすのだ。

先端を押し込むように舌で突かれて、痛みにも似た感覚が胸の中心に広がる。

だが、それは似ているだけで痛みそのものではない。

――感じすぎて、痛いだなんて。

「はっ、ぁ、あ」

「いっぱい突き出て、俺に舐めてって言ってるみたいだよ。それとも、吸ってほしいのかな」

「す、吸うの、ダメ。ダメです……っ」

「ほんとうに？」

甘い声音が、蠱惑的《こわくてき》に鼓膜を震わせる。

――ほんとうは、してほしい。舐められるだけでこんなに気持ちいいなら、きっと……。

「期待した顔してるよ」

「っっ……！　わ、わたし……」

「気持ちよくなるのは、悪いことじゃない。俺は今、芽唯に感じてほしくてがんばってるんだからね」

だから、と彼は続ける。

「芽唯のかわいいところ、もっと見たい。もっと、感じてる顔を俺だけに見せて」

「優心さん……」

もう、返事は必要なかった。

彼は芽唯の体から力が抜けたのを察して、赤く色づいた先端を口に含む。

粘膜のやわらかな感触に包まれるやいなや、感じやすい部分が吸い上げられた。

「つぁああ、あ！」

触れられるのとは、あきらかに違う。

快楽の糸を撚《よ》り合わされるような、純度の高い刺激に芽唯は高い声をあげた。

「ああ、芽唯はここが感じるんだね」

「ゆっ……、あ、あっ」

「いっぱい吸ってあげる。もっと感じて、もっと俺だけの芽唯になって」

ちゅ、ちゅっ、と音を立てて、彼が同じ部分を責め立ててくる。

狂おしいまでの快感に、芽唯はただ彼を感じるしかできなくなっていた。

吸われるたびに、心が沁み出てしまう。そんな錯覚に襲われる。

――わたしの体が、優心さんにキスされて喜んでる……。

「ぁあ、んっ、いい、気持ち、いい……っ」

「素直でいい子だ。もっとだよ、芽唯」

「！　な、ぁ、アアッ」

胸への愛撫《あいぶ》に夢中になっていた間に、左右の脚が割られて間に優心の体を挟み込んだ格好だ。

脚の間に押しつけられた熱は、彼の劣情の証《あか》し。

腰を密着されると、その形と脈動すらも感じられる。

「あ、当たって、る……」

「そう。わかる？　俺も、芽唯がほしくて感じてるんだよ」

「優心さん、も……？」

「むしろ、俺のほうがほしくてたまらないんだけどね」

はは、と笑う彼のひたいに、小さく汗の粒が見えた。

もしかしたら、優心はずいぶん我慢してくれているのかもしれない。

初心者の芽唯に合わせて、優しくしてくれている。それはたしかだ。

「……あの、わたし、大丈夫です」

「ん？」

「もっと、してくれても……その……」

彼は、素直な芽唯を褒めてくれた。

——だったら、ちゃんと言わなきゃ。わたしは、優心さんのことが……。

「優心さんと、もっと……近づきたいんです」

「芽唯」

体を起こした彼が、両腕で芽唯を強く抱きしめる。

「……嬉しい。きみも、俺をほしいと思ってくれてる？」

「好き、だから」

「ありがとう。俺も好きだよ。どうしようもないほど、きみが好きなんだ」

ベッドの上に膝立ちになり、ふたりは貪るようにくちづけを交わす。

舌と舌が絡み合うと、ここがどこなのかわからなくなっていく。

時間も、場所も、どうでもいい。

ただ、この人がほしいと心が訴える。

曖昧になっていくものの中で、身体感覚だけは鋭敏だった。

脚の間に、優心の指が触れる。

唇をキスでふさがれていても、鼻から甘い声が抜けてしまう。

「んんっ……」

ちゅく、と小さく音を立て、彼の指が芽唯の亀裂をなぞった。

自分の体が、彼を受け入れようと濡れているのを知って、いっそう全身が敏感になる。

指がたどる先には、彼とつながるための器官があるのだ。

——優心さんがほしい。わたしだって、優心さんを自分だけのものにしたい。できるのなら、
だけど。

下着が膝まで下ろされる。

熱を帯びて濡れた部分は、空気に触れてひやりと冷たく感じた。

そこに、彼の指が柔肉を左右に広げてくる。

「んぅぅ……ッ」

キスしたままで、亀裂をぱくりと押し広げられ、芽唯は泣きそうな声をこぼした。

熱く震える花芽に、彼の指がかかる。

先の部分を包皮の上から、やわやわと撫でられた。

「ひ、ぁあッ、そこ、ぁ、あっ」

思わずキスから逃げてしまった唇を、優心が追いかけてくる。

「大丈夫。気持ちよくするだけだ。慣らしておかないと、きみが苦しいから」

「で、も……、ん、んっ」

ぷくりと膨らんだ花芽が、撫でられるうちにむき出しになってしまう。

敏感すぎるそこは、指で触れられると痛みに近いほどの快感があった。

「芽唯、いっぱい濡らしてくれたんだね」

「や、やだ、やめ……あっ、あ！」

「逃げないで。もっときみを知りたい」

「んんっ……、ち、がう、あ、そうじゃなく……っ」

膝がガクガクと震えた。

膝立ちの姿勢を保持するのも難しい。

「芽唯？」

「だめ、そこ……、んっ、感じすぎて、痛い、です……」

涙目で彼を見上げると、優心が息を呑むのがわかった。

彼は目尻をほんのり赤くし、芽唯の体をベッドの上に四《よ》つん這《ば》いにさせる。

——どうして、こんな格好……？

「きみが悪いんだよ？」

「え？　あ、優心さ……、きゃあっ」

うしろから内腿《うちもも》を押し広げられ、その中心に何かが触れる。

舌だ、とわかったときには、芽唯の感じやすい花芽が、濡れた舌で包み込まれていた。

——嘘、そんなところ、舐めないで。

「や、ぁあ、優心さん、お願い……っ」

「感じすぎるだなんて、かわいいことを言うせいだ。俺はずっと、自制していたのに」

「んっ、んっ……」

「初めてのきみに、優しくしたい。なのに、どうしてそんなに煽るのかな。だったら、このまま俺に全部食べられてしまえばいいよ」

「ぁ、ああ、あ！」

濡れた花芽を、彼は舌で甘やかにつつく。

あふれた蜜を舌の先ですくいとっては、膨らんだ突起にまぶしていく。

腰が揺らぐのを止められない。

――気持ちいい、気持ちよくて、ヘンになっちゃう……！

とろり、と蜜が内腿を伝った。

「指でされるより、舌のほうがまだ痛くないかなと思うけど、どう？」

「う、ぅ、痛くないです。でも、気持ちよくて、あ、あっ」

「よかった」

優心は、何度も優しく花芽を舌で往復する。

その間に、しとどに濡れた蜜口を彼の指がノックした。

「ぁ、ああっ」

「芽唯の、すごくおいしい。もっと飲ませて……？」

「やだ、やああっ、ん！　いいの、いい、あ、ダメぇ……」

「ははっ、いいのか悪いのか、難しいね」

ぢゅる、と水をすするような音がする。

はっとしたときには、彼はキスの要領で花芽をしゃぶっていた。

「ひっ……ぁあ、あっ、ア、や、ぁああ！」

舌先が別の生き物のようにうごめく。

吸い上げ、舌であやしながら、優心の指が蜜口にめり込んでくる。

――中に、指が……。

腰から脳天にかけて、突き抜ける快感が走った。

「っっ……！　ぁ、ぁ、ゆうし、さ……」

「どんどんあふれてくる。俺の指、根元まで入ったよ。中、熱くて狭い、な」

彼は指で粘膜を内側から撫で、敏感な部分を徹底的に愛《め》でてくる。

――ヘンなの。中と外、一緒にされると体が宙に浮くみたいで……。

「ひぁンッ、あ、あっ、優心さん、待って、なんだか、あ、あっ」

「もしかして、イケそうなのかな。だったら、待たない。芽唯に気持ちよくなってほしい」

「やぁあ、あ、っ、ダメ、ダメぇ……！」

ぢゅ、ぢゅっと強く花芽を吸われる。

蜜口に埋め込まれた指は、性交を模する素振りで内部を抽挿した。

「イッ……、あ、あっ、イク……、んっ、来ちゃうぅ……ッ」

ひときわ強く花芽を吸われたタイミングで、芽唯は自分から腰を前後に振りながら達してしまった。

頭の中が、真っ白になる。

「ふ……ぁ、ぁ……」

「じょうずにイケたね。いい子だよ、芽唯」

かくん、と芽唯はそのままベッドに倒れ込んだ。

背後で何か、彼が動いている気配がある。

――わたし、こんな恥ずかしい姿を優心さんに見られて……。

目を閉じて余韻に浸っていると、体が仰向けにされる。

「ゆ、しんさん……？」

「ごめん。まだ終わりじゃないんだ」

彼が芽唯の上にのしかかってきた。

「あ、あの……それって……？」

ごくり、と空気を呑む。

下腹部に、避妊具をつけた彼の劣情が載っている。

あまりに大きく、あまりに太く、そして想像以上に生々しい性の欲望の姿。

美しい顔立ちの優心に、これほど暴力的な器官がついているだなんて。

「や、待ってください。そんな大きいの、無理です……っ」

「えーと、その発言は逆効果だってわかってるかな？」

「な……っ、あ、やだ、当てないで……っ」

蜜口に、亀頭がずしりと宛てがわれる。

触れただけで、彼の質量を感じ取って、芽唯はベッドの上で腰を逃がす。

「ほんとうに、無理？」

「え……」

「芽唯が本気で嫌がることは、できないよ。俺はきみのことが好きで、好きで、ただ……愛したくて……」

触れている劣情が、彼の言葉に合わせてぴくん、ぴくんと揺れた。

凶暴にすら見えるそれが、芽唯を欲して震えている。

——優心さん……。

「だから、ほんとうに無理だったら今夜はここでやめる」

「ご、めんなさい。あの、わたし、少しだけ怖くなって……」

「わかった」

彼が体を起こそうとする。

服を脱いだしなやかな二の腕に、芽唯は必死ですがりついた。

「違うんです！」

「芽唯？」

「怖いけど、でも、やめたくない、です」

「……だから、それ」

「え？」

「そういうの、逆効果なんだよ。芽唯がかわいすぎて、俺は——」

みしり、と体の中から音がした。

「ひぅ……ッ」

初めて、自分の中に他人が入ってくる、その感覚。

——中が、広がってる。

それまで、器官として存在していることは知っていたけれど、自分に空洞があると感じたことはなかった。

おそらく、内部はぴたりと閉じ合わされていたからだ。

そこに、圧倒的な存在感を放つものが埋め込まれていくのである。

芽唯ですら知らない、かぎりなく内臓に近いそこを、優心がじわじわと踏破していく。

「っ、……ぁ、く……っ」

「ごめん、苦しいかもしれない。だけどもう——止められない」

ず、ぐっ、と張り詰めた亀頭が蜜口を通過した。

「！　ああっ、あ、痛……ッ」

痛みは一瞬だった。

芽唯は白い喉をのけぞらせ、シーツに爪を立てる。

「芽唯、ごめん、俺は……」

「いい、の」

涙目で、首を縦に振った。

やめてほしいわけではない。

ここまでくれば、芽唯だって覚悟はできている。

それに、この行為を彼の欲望のせいにしたくはなかった。

——だって、わたしは……。

「わたし、優心さんのことが好きなんです。だから……わたしだって、あなたを、わたしだけの人にしたい……」

「芽唯……！」

ぎゅっと抱きしめられると、互いの体がさらに密着する。

「ん、ぅ……」

「好きだよ。どうしてこんなに好きになってしまったのかなんて、俺にもわからない。ただ、きみのことが愛しくてたまらないんだ」

愛情の言葉と、粘膜から伝わってくる彼の脈動。

ああ、ほんとうに愛されている、と芽唯は睫毛《まつげ》を震わせた。

「わたしも、同じです。だから……」

もっと、愛して。

もっと、奪って。

そしてもっとあなたを、すべてわたしに与えて。

「奥まで全部、きみがほしい」

自分の体が、こんなふうに愛しい人を迎えることを、芽唯は初めて知った。

二十五年生きてきて知らなかったことを、優心だけが教えてくれた――。


彼の腕の中に閉じ込められ、芽唯はもぞりと身動《みじろ》ぎする。

「あの、ほんとうによかったんですか……？」

ふたりとも生まれたままの姿で、ベッドの中。

間接照明が、やわらかな光で彼の表情を浮かび上がらせた。

「きみを抱きたいと思うのは、支配欲でも性欲でもない。俺はただ、きみのことが好きなんだよ。だから、ひとつになれただけで今夜はじゅうぶん。芽唯ちゃんだって、まだつらい、よね？」

「う……」

結局、あのあと少しの抽挿を経て、優心は行為の終了を宣言した。

芽唯としては、痛み以外の快感もしっかり感じていたのだが、果てることなく彼は芽唯の中かう出ていったのだ。

――優心さんに、もっと気持ちよくなってほしかったのに。

「そもそも、ほんとうは今夜きみを抱く予定じゃなかったんだ」

「え、っと、それはどういう……？」

抱くつもりがなかったのに抱いたなんて言われたら、芽唯としても少々寂しい。

「俺の我慢が足りなかったって話。せめてクリスマスまでは、こらえようと思っていたのにな」

「クリスマスって。それじゃ、わたしがクリスマスプレゼントみたいですね」

「そういうことだよ。俺にとって、芽唯ちゃんは宝物だから」

いつの間にか、呼び方はまた芽唯ちゃんに戻っている。

それが気恥ずかしいような、彼なりの時間の区切りのような、不思議な感じがした。

「クリスマスじゃなくても、わたしにとっては初めての大事な時間でしたよ？」

「ああ、ほんとうにきみはそうやって俺をおかしくさせるんだ」

ぎゅうう、と強く抱きしめられて、ひそやかに笑い声をあげる。

体をつなぐだけが目的じゃないのだと、彼の気持ちはちゃんと伝わっていた。

それがまた、芽唯の心を幸せ色に染めていく。

「じゃあ、クリスマスにもプレゼントをくれる？」

「何がほしいですか？」

「きみがほしい」

「わたしにも、優心さんをくださいね」

「もちろん。俺なんてとっくに、きみのものなんだけどね」

唇を重ねた回数を、もう数えられない。

今夜何度目になるのかわからないキスを交わして、そろそろ夕食を、と思うのに。

「駄目だ、困った」

「優心さん？」

「空腹なのに、食事よりも芽唯ちゃんとキスしていたい」

「……もう。あと、一回だけにしてください」

「じゃあ、十分はキスさせてもらおう」

「それは長すぎます！」

親密度を増していく、雨の夜。

天窓を打つ雨音が、ふたりのキスを世界から隠していた。

第三章　ふたりだけのクリスマス

大人になったと感じる機会は、二十歳を越えてから何度も訪れる。

たとえば、初めてお酒を飲んだときもそうだった。

会社に勤めて最初のお給料の振込を確認したとき、ひとりで旅行に出かけたとき、ちょっと高級な自分へのご褒美を買ったとき。

初めて恋人と幸せな夜を過ごした芽唯は、職場のパウダールームで鏡を覗《のぞ》き込《こ》む。

——先週と、違って見えたりは……しないんだなあ。

今まで知らない世界を垣間《かいま》見た経験だったけれど、心のどこかで「まだ全部じゃない」と思うのだ。

それはおそらく、彼が芽唯を心配して途中でやめてくれたのも関係している。

優しさなのはわかっていて、たしかに自分も限界かもしれないと感じた。

——だけど、ちゃんと優心さんにも満足してもらいたい！

そのためには、もっと大人にならなくては。

前髪を指先でいじりながら、芽唯は彼に似合う自分になる方法を考えている。

明日は、クリスマスイブ。

もちろん社会人のふたりにとっては、数ある平日のうちの一日に過ぎない。

——クリスマス、特別なことをしたいけど、優心さんが喜んでくれそうな何か……。

「あれ、おはよう、塚原さん」

化粧室のドアが開いて、憧れの先輩である香織が顔を見せた。

「おはようございます、朝日さん」

「朝からここで会うの珍しいね。塚原さんは、いつもきちんとメイクしてくるから」

「あはは、そんなことないですよ。今日はちょっと前髪が気になって。ヘンじゃないですか？」

「いつもかわいい。だけど、今日は顔色がいいみたいね。血色かな？」

ふふ、と上品に笑う先輩に軽く会釈をして、芽唯は秘書課へ戻る。

——顔色というか、ちょっと興奮状態で頬《ほお》が赤くなっちゃうんです！

社内では頬が緩まないよう気をつけなければ。

芽唯は、あらためて自分に言い聞かせる。

秘書課でもいちばんの新人である自分が、社長の恋人だなんて噂《うわさ》になるのはよろしくない。

それに、と足を止める。

——恋は始まりがあれば、終わりもある。もし周囲に知られていたら、別れたときに優心さんがやりにくいもの。

こんなことを考えているのは、優心には知られたくない。

だけど、恋の始まりに浮かれる気持ちと一緒に、あんなステキな人がずっと自分を好きでいてくれるだろうかという小さな不安もある。

――とにかく、バレないようにしなきゃ。優心さんは大人だし、表情を隠すのに慣れてるけど、わたしはそのあたり至らないからなあ。

今日のスケジュールを確認し、午前中のうちに来客への手土産の手配を忘れないよう付箋をデスクに貼った。

タブレットを持って社長室へ向かう芽唯の足取りは、それでもやはりいつもよりちょっとだけ、軽やかになっていることを本人は知らない。

ノックをして、中から「どうぞ」と返事が聞こえてくる。

社長室のドアを開けると、そこには――。

「おはよう、芽唯」

――ゆ、優心さん!?

満面の笑みを浮かべた彼が、デスクの前に立っているではないか。

「社長、おはようございます。今日はご機嫌がよろしいんですね」

芽唯はかろうじて自分を奮い立たせ、にっこりと笑顔を取り繕う。

――ダメです！　いつもどおりにしてください！

そんな気持ちを込めた言葉に、彼は一瞬目を丸くしたものの、すぐにいつものクールな表情に戻った。

「失礼。いい朝だったからな。塚原さん、今日のスケジュールを頼む」

「かしこまりました。今週は年内の仕事納めとなりますので、少々お忙しくなります。まず、本日の最初の予定ですが、十時に――」

つとめて冷静を装って、芽唯は予定を読み上げていく。

――もう、優心さんがそんな調子じゃ、すぐにバレちゃうかもしれないのに。わたしが気をつけないと……！

さっきまでは、彼のほうが余裕だろうと思っていたが、こと恋愛に関しては大人だろうと関係なくハッピーオーラが漏れてしまうことを知る。

彼が幸せそうに笑いかけてくれるのを、嬉しくないだなんて思わない。いや、嬉しすぎてほんとうは頬が熱くなっている。

――午前の来客には、とびきり苦みがおいしいお茶を淹《い》れよう。それで、わたしも冷静になろう。

しかし、午後になって芽唯はひそかに頭を抱える。

「ねえねえ、見た？」

「見たわよ。どうしちゃったの、社長」

先輩秘書たちの会話が聞こえてきて、クールで冷酷な帝王のはずの社長の異変が漏れ聞こえてきたのだ。

——優心さん！　いつもと違うの、バレてます！

「塚原さん、社長どうかされたの？」

「え、ええと、なんのことでしょう」

「なんのことって、さっきお客さまのお見送りですれ違ったでしょ。あのとき、社長がにっこり笑って、お疲れさまって声をかけてくれたじゃない！」

——そういえば、そうだった……。

一度は表情筋を引き締めた優心だったが、次第に素が漏れ出てきている。

たった一日で、彼の積み重ねてきた七年を無駄にしていいのだろうか。

だが、バレてもいいのかもしれない。

彼は自分を偽っているのに疲れていた。

だから、素の姿でいられる芽唯との時間を大事にしてくれていたのだ。

「えー、うらやましい。わたしも社長にお疲れさまって言われたい」

「わたしも！　ねえ、社長って無表情だとあんなに怖かったのに、笑顔になるとちょっと少年ぽくなってよくない？」

「よくないどころか、よすぎよ！」

本来、優心は優しくて温厚で気遣いのできる青年だ。

彼が彼らしく過ごしたところで、会社の業績が傾くわけでもない。

それに、社長就任した当初は若かったこともあって無表情の仮面をかぶる必要があったかもしれないが、今の優心は業界を牽引《けんいん》する若きリーダーだ。

笑顔を見せた程度で、彼の地位は揺るがない。

ただし、問題は――。

――みんなが優心さんの魅力に気づいちゃう！

そうなったら、芽唯の前でなくても優心は自然体でいられる。

すばらしいことだと思う反面、不安になる自分が嫌だ。

――優心さんは、わたしじゃない人を選べる状況でも、わたしを特別に想《おも》ってくれるのかな。

週末、彼は何度も好きだと言ってくれた。

声と言葉と表情と、体と。

使えるものすべてを使って、芽唯への愛を伝えようとしてくれていたのがわかっている。

――だから、疑いたくない。不安にもなりたくない。

だけど、自分を好きになってくれたのは、芽唯だけが彼の素の顔を知っていたから。

疑いたくないし、一緒にいたいし、好きでいてもらいたいのに、どうしても自信が持てなくなる。

「塚原さん、ほんとうに社長に何があったか知らないの？」

「そうですね。わたしにはさっぱりです」

昼前に淹れたお茶は、もうすっかり冷えていた。

芽唯はそれをひと口で飲み干して、デスクの上で小さくファイティングポーズを作る。

——ほかの誰かを選べる状況でも、好きでいてもらえるように。わたしにできることは、優心さんと向き合って、この恋を大事に育てていくことだけ！

基本的に前向きで、だいたいのことにポジティブ。

ただ、恋愛だけは避けがちだった芽唯の、新たに発見した自分。

恋をすると、考えが変わる。

好きな人と一緒にいたいからこそ、がんばれる。

——優心さんを好きになったから、またひとつ自分のことがわかった。ありがとう、優心さん。

これからもがんばります！

恋は、芽唯を強くしてくれる。

彼がいてくれるから、そのことに気づけた。

月曜の夜、仕事から帰って玄関でパンプスを脱いでいるとスマホが振動する。

『クリスマス、芽唯の部屋に行きたい』

それは、優心からのメッセージだった。

広いとは言えない玄関で、芽唯は一瞬硬直する。

脳裏によぎるのは、彼の高級マンションの広すぎるリビング、それから大きなベッド――。

あらためて彼のメッセージを確認し、いったんスマホをコートのポケットにしまって、キッチン兼廊下を四歩進む。

そこにあるのは、ごく普通のひとり暮らしの部屋だ。

特に目新しいこともないし、広くもない。シンプルで必要最低限のものが揃った、芽唯の部屋。

――うちに、来たい？　どうして？

脳内の疑問を、そのまま返信するのははばかられる。

彼にも彼の考えがあって言っているのだから。

そう思っているうちに、続いてまた優心からメッセージが送られてきた。

『芽唯がどんな部屋で暮らしてるのか知りたいし、芽唯の部屋に入れるのは俺だけだって感じたい』

「な、なんですか、そのかわいいワガママ！」

コートも着たまま、芽唯は思わず、ベッドの上のクッションに抱きついて脚をばたつかせる。

好きな人の、小さなわがままというものは、こんなにもかわいらしいものか。

——この部屋に引っ越してきてから、誰も遊びに来たことなんてない。もし来てくれたら、憂心さんが最初ですよ！

今日一日だけでも、会社では社長の表情が優しくなったと評判だ。

秘書課だけではなく、彼の姿を見た誰もがそう言っていたらしい。

もとより業界の若きリーダー、帝王として名を馳《は》せる彼なので、社内で噂が駆け巡るのは一瞬だった。

鉄面皮の社長に何が起こったのか。

誰も今のところ、正しい答えを知らない。

——知っているのは、わたしだけ。

ふたりだけの、秘密の恋は早くも波紋を広げている。

周囲にバレたらどうしよう。どうなってしまうんだろう。

だけど、芽唯の懸念なんて吹っ飛んでしまうくらいに、彼は溺愛してくれている。

クリスマスの予定ひとつとっても、愛情が伝わってくるほどだ。

『たいした部屋じゃないですよ？』

ちょっとそっけないかな、と悩みつつ送った返信に、すぐさま既読がつく。

『プレゼントを持っていくから、サンタを招いてもらえないかな？』

文面を目にしたとたん、頬が緩む。

「優心さんが、サンタなの⁉」

断る理由なんてない。一緒にいたいのは、芽唯だって同じなのだから。

『わかりました。でも、あまり期待しないでくださいね。優心さんのお部屋とはぜんぜん違いますよ』

『ありがとう。楽しみにしてる』

「もう、楽しみにしないでいいんですってば！」

さて、クリスマスを明後日に控え、新米彼女の芽唯は浮かれてばかりもいられない。

世の恋人たちは、どうやってクリスマスを過ごすのだろう。

着替えもせず、ベッドにうつ伏せの態勢で、クリスマスのお部屋デートについて検索する。スマホはなんでも教えてくれるのだ。

検索結果から、芽唯が学んだことは――。

お部屋をクリスマス仕様に飾る、キャンドルでロマンチックに演出する、クリスマスケーキを食べる、プレゼントを交換する、サンタのコスプレをする……。

――コスプレって、サンタガールとか？

そんな服をどこで買うのだろうと思ったが、これまた検索するとすぐに通販サイトでいろいろ売っていることが判明した。

翌日配送のサンタガールの衣装と、クリスマスのオーナメント、キャンドルなどを置き配設定で注文する。

少しでも、ふたりの初めてのクリスマスを楽しい日にしたい。ほかにできることはないだろうか。

さらに検索結果を眺めていく。

なんとなくイメージできることから、そんなことをほんとうにしているのかと当惑する内容まで、インターネットでは様々な情報が出てきた。

「へえ、クリスマスにまつわる映画を観《み》る、かぁ……」

サブスクの動画サイトに登録しているので、それならできそうだ。

クリスマスに恋人と観るのにおすすめの映画のリストを発見し、自分の入っているサイトにある作品をチェックする。

有名作から、初めて名前を知る作品まで、おすすめ映画をお気に入りに保存し、やっと起き上がってコートを脱いだ。

帰宅してから、気づけば二時間が過ぎている。

――あとはお料理と、ケーキ。料理は簡単なものなら作れるけど、ケーキは買ってきたほうがよさそう。

明日のうちにある程度料理を準備して、当日ケーキを受け取って帰ればなんとかなるだろうか。

洗面所でメイクを落とし、部屋に戻るとまたメッセージが届いていた。

『料理とケーキは、俺が持っていくよ』

『いいんですか？』

『もちろん。きみは、いるだけで俺を幸せにしてくれる』

「もう、もうもう！　どうして優心さんはそんなに甘いんですかぁ……」

料理もケーキも彼が準備してくれるというのなら、せめてプレゼントを、と思うものの、もうあまり日がない。

——どうしよう。何をあげたら喜んでくれるかな。

翌日、芽唯は仕事帰りに渋谷でプレゼントを買って帰ることにした。

幸いにして職場は渋谷にある。

プレゼントを選ぶショップには困らないだろう。

「でも、優心さん、なんでも持ってる気がするんだけど……」

大好きな人に、初めてあげるプレゼント。

彼はきっと、何をもらっても喜んでくれる。

だからこそ、ほんとうに嬉しいと思ってもらえそうな何かを選びたかった。

火曜日は、朝から睡眠不足。昨晩、遅くまでクリスマスプレゼントについて調べていたのが原因なのはわかっている。

ふあ、とあくびを噛《か》み殺《ころ》すと、ふふっと笑い声が聞こえた。

「塚原さん、眠そうだね」

「す、すみません」

自社ビルの近くに新しいカフェがオープンしたというので、先輩である香織と由香里に誘われて、今日のランチは珍しく外食に来ている。

パスタランチのセットには、一四〇〇円でサラダとスープ、ドリンクまでついてサービス満点だ。お手頃価格のおいしいランチは嬉しいけれど、今日ばかりはお腹《なか》いっぱいになると眠気がさらに加速する。

「それにしても、昨日の社長は幻じゃなかったのね」

由香里が食後のコーヒーを飲みながら、まだ不思議そうな表情で言う。

「日比野さん、まだその話してる。ふふ、よほど驚いたんですね」

紅茶のカップを手にした香織の反応に、かつて社長秘書をしていた時期のある由香里は「だって！」と身を乗り出した。

「わたしが社長の担当をしていたころ、あんな表情は一度も見たことなかったんだもの。まだ、頭のどこかでわたしの目がおかしくなったんじゃないかって思っちゃうのよ」

ベテランで先輩秘書の由香里だからこそ、長年優心を見てきて当惑するのだろう。

「あーあ、あのころ社長が優しく微笑《ほほえ》んでくれていたら、きっと担当変更なんて希望しなかったのに」

「何言ってるんですか。感情がなくて強すぎるって、いつも言っていたのに」

「まあ、それはそう。だから、塚原さんが三年ずっと社長の担当をしているの、いつだって尊敬の眼差《まなざ》しで見てたわ」

急に話の矛先が自分に向いて、芽唯は目を瞬かせる。

たしかに自分も、プライベートの姿を知るまで若き帝王に対して一定の距離を取っていた。近づきすぎたら冷たい視線で一瞥《いちべつ》されそうな、よく切れる刃のような印象のある人物。そう思っていたのは否定できない。

「そんなふうに思ってくれてたんですか？」

「そうよ。塚原さんはすごいねって、秘書課でもみんな言っていて……」

とはいえ、仕事だからと割り切っていた部分はあった。

彼がどんな気持ちで、花嬉グループの頂点に立っているのか、知らなかったからだ。

逆をいえば、ほんとうの彼を知ったら誰もが優心に好印象を持つだろうと思う。

実際、優心が変化したことで周囲の反応も大きく変わってきている。

もともと、彼は整った顔立ちの男性だ。

あまりの冷血具合に、誰も立ち入ることができなかったけれど、社内でもひそかに社長ファンがいなかったわけではないだろう。

それが、優心が笑顔を見せるようになり、彼の魅力が伝わりやすくなっただけ。

――わたしも、無表情のときの優心さんしか知らなかったら、今みたいな気持ちになっていたかわからない。だから、周りの人より早く彼を知る機会があっただけで……。

「――ねえ、塚原さん、実際どうなの？」

「えっ、な、何がですか？」

「だから、社長よ。ほんとうは、前から塚原さんの前でだけは笑顔だったとか？」

優心の態度が緩和されたという事実だけではなく、特に塚原秘書といると雰囲気がやわらかい……とは、まことしやかに囁《ささや》かれている噂だという。

ランチに来てすぐ、香織が教えてくれた。

「社長は、以前から表情にはあまり出さないだけで、周囲をよく見てくださっていたんだと思います」

当たり障りのない返答に、由香里がぶんぶんと首を横に振る。

「そういうことじゃなくて、わかるでしょ？　もっとこう、フレンドリーというか、魅力的なあの笑顔というか」

「笑顔は……なかったですね」

思い出しても、かつての彼に笑顔の印象はまったくない。

ただ、今の芽唯は知っている。

優心が幸せそうに微笑むときの、泣きたくなるくらい優しい表情を。

――嘘《うそ》じゃない。わたしだって、ずーっと無表情の優心さんと仕事をしてきたんだもの。

彼と個人的に知り合ってから、まだそれほど時間は経《た》っていなかった。

時間というのは不思議なものだ。

長くそばにいたからといってわからないこともあるし、ほんの数分で距離が近づくこともある。

考えてみれば、この短い期間に急激に優心と芽唯は親密になった。

ブランコ友だちから始まって、今では恋人になり、明日はクリスマスの夜を一緒に過ごす。

恋に落ちるのに、時間は関係ないのかもしれない。

お互いの心をさらけ出すほうが、ずっと重要だ。

――でも、わたしたちは、まだお互い知らないことも多い。これから、もっともっと知っていけたらいいな。

「さあ、そろそろ戻らないと。午後もがんばりましょうね」

「はい！」

憧れの先輩である香織の言葉に、芽唯はカップのコーヒーをぐっと飲み干した。

「ねえねえ、塚原さん。有給使うときは、代打にわたしを指名してよね」

カフェを出て、由香里が「よろしく！」と笑う。

「もう、日比野さんたら。塚原さんを困らせないの！」

「はいはい。朝日さんは真面目ねえ」

楽しい先輩たちのうしろを歩きながら、芽唯は考える。

優心との関係は、この先ずっと秘密にしていくのだろうか。

それとも、いつかどこかで明かすことになるのだろうか。

隠すのは、構わない。

だが、積極的に嘘をつくことには抵抗があるのも事実だ。

芽唯は、秘書課の先輩たちが好きだ。仕事ができて、華やかで、いつも楽しそうで、都会的な女性たち。

もちろん恋愛的な意味で好きな優心とは違うけれど、それでも彼女たちに嘘をつくのは申し訳ない気持ちになる。

――そうはいっても、バレたら周りに迷惑をかけそうだし、いろいろ聞かれるのは間違いない
……！

「そういえば、塚原さん」

「はい」

由香里がヒールの踵《かかと》を鳴らして歩いていくうしろで、香織が小さく呼びかけてきた。

「塚原さんも、雰囲気が変わったね。最初は気のせいかなって思ったけど……」

「そ、そうでしょうか？」

「うん。前から元気でかわいいけど、最近は大人っぽくなったというか、きれいになったというか」

「ええええ、そ、そんな、恐縮です。朝日さんにくらべたら、わたしなんてぜんぜん！」

「ふふ、謙遜しなくていいのに。それと、秘密の恋も楽しいもの、でしょう？」

芽唯の返事を待たずに、香織は前を行く由香里に「日比野さん、明日なんですけど」と声をかける。

――待ってください、朝日さん！　いったい何をご存じなんですか!?

憧れの先輩に、もしかしてバレているかもしれない。

芽唯は動揺しながらも、あの人なら周囲に触れ回ったりしないと安堵《あんど》していた。

それより問題は、今日の帰りに買う予定のプレゼント。

候補はいくつか見繕ったけれど、絞りきれていない。

ネットで目星をつけたお店を効率よく回るためのルートは、スマホに保存した。

あとは、実際に見て選ぶだけ。

――でも、その選ぶのが難しい……！

幸せだからこそその悩みを胸に、芽唯は先輩たちのあとを追いかけて会社へ戻る。

・……‖……・……‖……・

東京のクリスマスは、雪と縁遠い。

もちろん、絶対に降らないというほどではないのだが、近年は特に十二月末が近づいても最低気温が零下になることは稀《まれ》だ。

十二月二十五日。

雪が降ったら嬉しいけれど、雨はできれば遠慮したい。

そんな芽唯の気持ちを汲《く》んだわけではないだろうが、今夜は雲ひとつなく空には冬の星座がはっきりと見えている。

仕事を終えて帰宅した芽唯は、ベーカリーで買ってきたバゲットをカリッと焼いてオリーブオイルを塗る。

料理とケーキは買ってきてくれると優心が言っていたものの、何も準備しないのは味気ない。

チーズの盛り合わせとバゲットと、簡単なミネストローネを準備した。

室内の飾りつけは、昨晩のうちに完成している。

——プレゼントも、迷ったけれど無事に買えた！

あとは、自分の準備だ。

手早くシャワーを浴びて、メイクをして、サンタコスについては着るかどうかまだ迷っている。

ネットではそういうのを喜ぶ男性もいると書いてあったが、優心がどうかはわからない。

「あっ、そうだ。ライター！」

コンビニで買ってきた、使い捨ての電子ライターをエコバッグから取り出してテーブルに置く。

キャンドルを購入したものの、火をつける道具がないことに気づいて、マンションの近くまで帰ってきてからコンビニまで戻ったのである。

そもそも、普段から火をつけることなんてまったくない。

ガスコンロはあるけれど、キャンドルに火をともすのに適しているとは言い難《がた》いだろう。

――そういえば、公園で花火をしたとき、優心さんもライターの使い方で困ってた。

使い捨てライターは、子どもの事故を防ぐためにレバー部分が硬く設計されているらしい。

その上、安全ロックまでかかっていたので、優心も芽唯も「このライター、壊れてる」とひたいを突き合わせた。

――あのときもう、わたしは優心さんに惹《ひ》かれていたのかもしれないな。

彼との花火を思い出して、芽唯は自然と笑顔になる。

「いけない。ぼうっとしないで、準備！」

バスルームに駆け込んでシャワーを浴びながら、今日の段取りを脳内で確認した。

このあと、二十時に優心が到着の予定だ。

それからふたりで食事をして、流れによってはクリスマスをテーマにした映画を観て、もしかしたら彼が泊まっていって――。

優心の部屋と違って、芽唯のベッドは普通のシングルベッドである。
長身の彼とふたりで眠るには、狭すぎるかもしれない。
密着して眠れば、なんとかなるだろうか。
「み、密着って、わたしったら！　わたしったら、そんな……」
――そんな、嬉しい妄想！　現実になってほしい気もするけど！
初めての夜から、まだ一週間も過ぎていない。
痛みは残らなかったけれど、体の奥に彼の熱を思い出すときがある。
今夜こそ、もっと深く彼とつながりたい。
――優心さんも、そのつもりでいてくれる……よね？
今夜は、クリスマス。
ふたりにとって、初めてのイベントが始まろうとしていた。
さて、問題はサンタガールの衣装を着るべきか、着ないべきか――。

・……┃……・……┃……・

十九時五十九分。約束の時間より一分早く、玄関のインターホンが鳴る。

「はーい！」

悩んだ挙げ句、芽唯はサンタコスにトナカイのカチューシャをコーディネートした。

やらぬ後悔よりやる後悔。為《な》せば成る、為さねばならぬ何ごとも。

不撓不屈《ふとうふくつ》に、七転び八起き。

七転八倒はしたくないけれど、最終的にはあとは野となれ山となれの気持ちで、真っ赤な衣装に袖を通したのだ。

——なんとか間に合った！　準備万全！

いざ、玄関のドアを開けると、アラシャンカシミヤのマフラーを巻いた優心が立っている。

「いらっしゃいませ」

「え、っと……お邪魔します」

彼にしては珍しく、一瞬言葉をためらった。

——やっぱり、やりすぎだったかな……。

先ほどまでは前のめりだった気持ちが、しゅううと萎《しぼ》んでいく。

当然、これは彼のせいではない。自分がやりすぎたゆえの結果だ。

「あああ、あの、あの待ってください。これはその……んぎゅっ!?」

動揺から、必死で言い訳を考えていた芽唯の体が優心に抱き寄せられる。

——え、えっと？

「かわいすぎる……！」

耳元で聞こえてきた熱っぽい声に、ほっと息を吐いたのもつかの間。

「優心さん、ケーキ、つぶれちゃうんじゃ……？」

彼の両手には、ケーキと料理が紙袋に入っているのが見えていた。

「ケーキなんてなくてもいい。俺には芽唯ちゃんが大事なんだ」

──うん？　その気持ちはとっても嬉しいんだけど、ケーキも大事です！

「いっそ、ケーキも料理も放りだしてもっと芽唯ちゃんを強く抱きしめたいんだけど……」

「ダメですよ。せっかく買ってきてくれたんじゃないですか。それに、初めてのふたりきりのクリスマスだから、ケーキは食べたいです」

「俺はケーキより、芽唯ちゃんが食べたい」

「つっ……そ、それは、のちほどということで……」

玄関先での甘い攻防戦で始まった夜。

優心は、長めのキス一回をこなすまで芽唯を離してくれなかった。

──どうしよう。いつにもまして、今夜の優心さんが溺愛モードすぎる。

彼女としては嬉しいし、きゅんとして、くらくらしてしまう。

だが、初心者の芽唯がどこまでついていけるか不安になるのも当然だ。

素の優心に慣れてきた、とはいっても、三年間見てきた冷血社長の姿が、まだ頭から消せない。

大きすぎるギャップは、彼の魅力のひとつだとわかっている。

――わたし、優心さんに夢中なんだ。


クリスマスのオーナメントを飾った室内で、ふたりはローテーブルを囲んで座る。

芽唯の部屋には、残念ながらソファはない。

ひとり暮らしだと、ローテーブルとベッドで事足りることが多いのだ。

彼が買ってきてくれたスパークリングワインを開けて、不揃《ふぞろ》いなグラスで乾杯をする。

テーブルの上には、芽唯もよく知る有名なデリの料理が並んだ。一応準備しておいたバゲットとチーズの盛り合わせに、温めたミネストローネも。

「芽唯ちゃんの作ってくれたスープ、すごくおいしい」

「よかった。おかわりもあるから、たくさん食べてくださいね」

「ありがとう。料理は俺が準備するって言ったけど、こうして並べてみると温かいものが必要だったんだな」

彼は感慨深そうにテーブルの上を見つめる。

「優心さんって、普段は食事、どうしてるんですか?」

「たいていは外食か。休みの日は、たまにラーメンくらい作るけど」

――ラーメン!? あの優雅なリビングで、インスタントラーメンを……?

想像すると、妙なギャップに笑ってしまう。

「こら、なんで笑ってるんだ？」

「だって、かわいいなって」

「きみ、たまに俺のことそういう目で見るよね」

「そういう目って、どういう目ですか？」

「男としてじゃなく」

「だって、かわいいところも魅力的、だ、し……」

テーブルに身を乗り出して、優心が芽唯の唇を甘くふさぐ。

「ん、んっ」

「彼氏としては、ちょっと複雑な気持ちだよ。俺は、芽唯ちゃんにかわいがられたいわけじゃないから」

キスは、スパークリングワインの味がした。

「かわいがられるの、嫌ですか？」

「俺は、きみをかわいがりたい」

拗ねた口調が愛しくて、芽唯も自分からキスをする。

なんて幸せな時間だろう。

ただ一緒にいるだけで、時計がぐんぐん進んでいってしまう。

ふたりで過ごす時間は、いつもより数倍早く感じた。

優心がたくさん料理を買ってきてくれたので、食べ終わるころにはふたりともケーキを食べるだけの胃の余裕がなくなっていた。

「ケーキ、もう少しあとにしましょうか？」

「そうだね。ごめん、つい買いすぎたみたいだ」

「ううん、とってもおいしかったです！」

テーブルの上を片付けていると、彼が手伝ってくれる。

――なんだか、新婚さんみたい。って、こんなの言えないけど。

「……新婚夫婦みたいだ、って言ったら笑う？」

「ええっ⁉」

まったく同じことを、彼も考えていた。

その事実に、頬がかあっと熱くなる。

「そんなに驚かれると傷つくなぁ」

「だ、だって、わたしも……」

「わたしも、何？」

「う……」

同じことを考えていた、と言わなくても、彼は芽唯の考えなどお見通しのように甘い眼差しを向けてきた。

――ときどき、優心さんってわたしの心を読んでるみたいに感じる。

「なんでもないです」

「芽唯ちゃん、『わたしも』なんだったのか聞かせて」

「秘密ですってば」

「聞きたいな。同じこと思ってたんです、って」

「もう！　わかってるなら聞かないでくださいっ」

「かわいい芽唯ちゃんの声で聞きたいんだよ？」

人が見たら、間違いなくバカップルと言われるやりとりをしながら、クリスマスの夜が更けていく。

知らなかった。

恋人と過ごす特別な日は、こんなに幸せだなんて。

――わたしがもらってる幸せと同じくらい、優心さんも楽しんでくれてたらいいな。

片付けを終えると、紅茶を淹れた。

ほんとうは日本茶のほうがうまく淹れる自信があるけれど、今夜は少しだけ見栄《みえ》を張ってイギリスのおいしいアップルティーの茶葉を買っておいたのだ。

ローテーブルに、カップがふたつ。やわらかな湯気をくゆらせる。

ふたりはベッドに並んで座ると、何がきっかけだったのか、子ども時代の話になった。

優心は、あまり自分の話をしない。

もしかしたら、亡き兄のことを思い出してしまうからだろうか。

「――それで、お菓子についてくるシールをトイレの壁の下のほうにばかり、べたべた貼りまくってたらしいです」

「ははっ、それはお母さんも困っただろうね」

「そうなんです。剥《は》がすとわんわん泣いたそうで……」

「かわいいなあ。そのころの芽唯ちゃんも、見てみたかった」

目を細める彼は、芽唯の腰に手を回し、体を密着させてきた。

――もっと近くで、優心さんを感じたこともあるのに……。

サンタコスのスカートが短いのもあって、なんだか距離が近づくと緊張してしまう。

「そういえば、芽唯ちゃんの実家は西東京だっけ？」

「はい。でも、小学校までは世田谷でした。両親が家を建てて、今の実家に引っ越したんです」

「へえ、世田谷か。俺の実家も世田谷だよ。どのあたり？」

話してみて驚いたのは、彼の実家と芽唯が子どものころに住んでいた場所がかなり近かったことだ。

とはいえ、芽唯は父の会社の社宅だったので、近所のお金持ちの大きなお屋敷なんて知らなかった。

どこかで、すれ違ったこともあったのかもしれない。

――わたしが小学校高学年のとき、優心さんは……高校生？　大学生？

いつか、彼の卒業アルバムを見せてもらえたら嬉しい。

学生時代の優心は、きっと今と同じく優しい笑顔だったのだろう。

「あれ、じゃあ、もしかしてそのころに行った公園って……」

「えっ、まさか、同じ公園で遊んだことがあるんですか、わたしたち」

ブランコ友だちになるよりも、ずっとずっと以前の話。

お互いに、ブランコへの思い入れを持つきっかけが、同じ公園だったのかもしれない。

「たぶん、芽唯ちゃんの実家に近い公園に、俺も行ったことがあるよ。隣駅だったから、自転車で行ったんだ。古くからある商店街の横の、ちょっと現代芸術みたいな滑り台があるところじゃないかな」

「そうです！　土管みたいな、トンネルみたいなのがあるんです。やっぱり、現代芸術みたいなの」

思い出の中の公園は、色褪《いろあ》せない。

あれから十数年が経っているから、実際の公園は当時のままではないだろう。

「懐かしいな。家出したとき、あそこに隠れてたら兄が迎えに来てくれたんだよな」

「えっ、家出、したんですか？　優心さんが？」

子どものころは、やんちゃな少年だったのか。

驚きに目を瞠《みは》ると、彼は困ったように眉尻を下げた。

「うん。クリスマスに話すことじゃないかもしれないけど、実はね……」

優心は、自分が正妻の子ではないのだと語り始めた。

実母とは、五歳のときに別れてから一度も会っていない。

調べれば居場所がわかるかもしれないけれど、花木の家で育ててもらった恩もあるから、探そうとするのはやめたこと。

父と継母とうまくいっていなかった時期に、兄の優馬だけが優心に親身になってくれたこと。

いつか、兄の片腕として働くのが夢だったこと——。

「……そう、だったんですね」

先ほどまで、彼が芽唯の話にばかり興味を示して、自身の幼少期の話をしなかった理由もわかった。

「別に、今は父とも継母とも関係性は悪くないと思う。だから、そんな顔をしないで」

「ごめんなさい。わたし、あの……」

「いいんだ。芽唯ちゃんには、ほんとうのことを知っておいてほしかった。こんな日に、暗い話をしてごめん。——それより、芽唯ちゃんのサンタガールの衣装の話でもする？」

「もう、それはあまり突っ込まないでください！」

「どうして？　俺のために着てくれたんだと思って嬉しかったんだけどな」

「うう、それは、そう、ですけど」

彼の手が、そっとスカートの上に置かれた。

膝上の赤いスカートには、白いパイピングがされている。

——ケーキ、まだ食べてない。このまま、もしかして……。

「ね、芽唯ちゃん？」

「……優心さんの笑顔を見ると、胸のどこかが懐かしい気持ちになるんです。おかしいですよね。出会ってから三年間、ほとんど笑っているところなんて見たことがなかったのに」

そう口に出したときだった。

彼は、優しく微笑んでいる。その姿に、何かが脳裏に浮かぶ。

——え？

優心の幼少期の話を聞いたせいだろうか。

今まで、考えもしなかった。

けれど、芽唯は自分の記憶にかすめるものがあると気づく。

お互いの思い出に、共通するとある人物がいるではないか。

そして、優心は——その彼に、似ているのだ。

まさかと思いながら、芽唯は口を開いた。

「あの、優心さんのお兄さんって、『ゆうま』さんですよね」

「ああ、そうだよ。会社の記録を見ればわかるかもしれないけど、花木優馬」

「そうじゃないです！」

「ん？」

会社の話ではない。これは、芽唯の思い出の中の『ゆうま』のことだ。

勢い込んで、身を乗り出す。

優心は、不思議そうに芽唯を見つめていた。

「わたし、世田谷に住んでいたころ、ゆーまおにーさんという人に遊んでもらっていたんです」

「えーと、それはどういうことかな。芽唯ちゃんと遊ぶには、俺の兄は歳が離れすぎていると思うんだけど――」

祖母の入院中、公園で一緒にブランコをこいだ人。

彼は、弟がいると話してくれた。

あのときの話に出てきた弟こそが、優心なのではないか。

芽唯が記憶の中の『ゆうま』の話をすると、優心が驚いたあとで優しく微笑んだ。

「たぶんだけど、そのお人好《ひとよ》しで世話焼きな感じ、間違いなく兄だと思う」

「可能性、ありますよね」

「写真を見たら、わかるのかな？」

「どうでしょう。ちょっと、子どものころの記憶なので……。あ、でも、たまに優心さんといて、記憶に何かかすめるものがあったんです。だから、懐かしいって感じていて」

「ははっ、困ったな。俺と兄は、たしかに顔が似てる。というか、最近特に似てきたって自分でも思う」

だとしたら、やはり芽唯が出会ったあの人は、優心の兄なのかもしれない。

――そんな奇跡みたいなことが、あるんだ。

「すごい……。わたしたち、知り合う前から……」

赤い糸で結ばれていたのかもしれませんね――。

そう言いかけて、子どもっぽかったかもしれないと芽唯は口をつぐんだ。

「兄が、引き合わせてくれたのかもしれないね」

「そうですね。公園のブランコが特別になったのも、ゆーま……優馬さんのおかげですから」

「ちょっと悔しいな」

「え？」

「俺が、芽唯の特別になりたかったのに兄に先を越されていたってことだからね」

呼び方が、変わった。

それだけで、ふたりの間の空気がかすかに濃度を上げる。

――優心さんは、わたしにとって唯一の特別な人なのに。もしかして、お兄さんに嫉妬してる？

「ふふ、ぜんぜん違います。お兄さんと似ているからって、それだけで優心さんを好きになったりしないですよ」

「ほんとうに？」

「ほんとうです。それに、優馬さんはあのころのわたしを助けてくれたけど、わたしにとって特別な人って……その、やっぱり優心さんだけなので」

「初めて、心も体も許した相手だから、かな」

「な、何言ってるんですか、急に！　意地悪しないでくださ……ん、んっ……」

言葉の続きは、キスに飲み込まれていく。

初めて、心から好きになった人。

抱きしめられるのも、キスも、その先の行為も、全部優心としかしたことがない。

――だから、わたしの特別は優心さんだけなんですよ……？

「芽唯がほしい」

「……もう、あげました」

「もっと、もらっていい？」

クリスマスプレゼントは、別のものを用意してある。

だが、わざわざクリスマス仕様に着飾ったのは、やはり芽唯自身をもらってほしかったから、というのも事実だ。

「優心さんにしか、あげません」

「うん、俺だけの芽唯だから」

頭につけたトナカイのカチューシャが、静かにはずされる。

優心は、芽唯の手を引いて自分の膝を跨《また》がせた。

「あ、あの、この格好……」

「せっかくかわいい衣装を着ているんだから、脱がせるのはもったいない。ああ、でもケープははずそうか」

肩に羽織ったケープが、ふわりとベッドの下へ落ちていく。

ベアトップの赤いワンピースは、デコルテが無防備にあいていた。

——わかってる。こういうことになるのを見越した服ではある、けど……。

実際に彼の前で肌をさらすと、急に羞恥心が湧き上がってくるのだ。

「芽唯、こっち見て?」

「は、恥ずかしい……」

「恥ずかしくないよ。すごくかわいい。芽唯がかわいいせいで、俺のも反応してるの、わかるよね?」

短いスカートが、彼の下腹部にかかっている。

そのやわらかな布地を持ち上げているのは、優心の劣情だった。

「!　ゆ、優心さん、そういうこと言うのは……」

「いやらしくて、悪いことかな？」

「……そう、じゃないけど。ただ、わたしが慣れていないから恥ずかしいんです……っ」

「いいよ。ずっと慣れないままでも、そのうち慣れてくれても、どっちでもいい。俺は芽唯が芽唯ってだけで、きみのことが好きなんだ」

ベアトップの縁に指をかけ、優心が下に引いた。

形良い乳房がまろび出て、芽唯は彼の首にぎゅっとしがみつく。

「これも、恥ずかしかった？」

「うう、恥ずかしいに決まってます。だって、わ、わたし、こんな明るいところで……」

初めての夜、優心は寝室の照明を落としてくれた。

間接照明だったのもあって、芽唯の部屋とは明度がぜんぜん違っている。

今さら電気を消してというのも気まずいし、すでに見られてしまった。

「俺しか見てないから、もっと芽唯の体を見せて」

「優心さん……」

「ね、いい子だから。ぎゅってされるのも嬉しいけど、芽唯を見たい」

「は、い……」

彼の言うまま、芽唯はおそるおそる体を離す。

まだ触れられてもいないのに、胸の先端がつんと屹立《きつりつ》してしまう。

彼に触れられたくて、彼に愛《め》でられたくて。

——わたしの体が、優心さんをほしがっているの。

「み、て……」

「芽唯」

「優心さん、だけです。わたしの体、見ていいの……」

「うん。嬉しいよ」

彼は芽唯の腰を両手でつかみ、顔を胸元に近づけてくる。

「ここ、もう硬くなってるね。俺に触れられるの、想像したのかな」

「っ……、そ、う、です……」

「だったら、いっぱいかわいがってあげないと」

ぴちゃり、と舌先が敏感な部分をなぞった。

「あッ……！」

ほんのひと舐《な》めで、腰が跳ねる。

知らなかったころには、もう戻れない。

彼に触れられる悦《よろこ》びを、芽唯は心と体の両方で欲していた。

「初めてのときより、感じやすくなったかな。それとも、芽唯はもともと俺のことを考えて、ひとりで気持ちいいことをしていたの？」

「し、してない、してませんっ」

「ふふ、そんなに否定すると逆にあやしいけど」

――ほんとうに、そんなことしてないのに……！

温かくぬめる舌が、芽唯の感じやすい部分を濡《ぬ》らしていく。

下から上へと舐めあげられれば、腰に甘い疼《うず》きがたまっていくのがわかった。

「ぁ、あっ、優心、さん……っ」

「気持ちいい？」

「んっ、いい……です……っ」

素直に快楽を伝えると、彼は甘い息を吐く。

その吐息が、唾液で濡れた乳首にかかって、芽唯はびくびくと体を震わせた。

「これだけで感じちゃうんだね。芽唯の体は、とっても敏感だ」

「ゃ……、ぁ、あ、わたし……」

「俺にだけ、でしょう？」

何も言えず、必死で首を縦に振る。

こんなこと、彼としかできない。大好きな人としか、絶対にしない。

「だったら、もっと感じて。もっと乱れて、いいんだよ。芽唯が感じやすくなるよう、俺も尽力するからね」

優心は、ベルトを緩めて自身の滾《たぎ》るものを取り出した。

先端がスカートの内側を押し上げる。

かすかに内腿《うちもも》に触れたそれは、熱く硬く、脈を打っていた。

「あ、あの……」

「ああ、このまま挿《い》れたりしないから、心配しないで。芽唯のことが大事だから、そういうのはちゃんと、ね？」

彼を信じていないわけではない。

だが、芽唯の体が反応してしまう。

もし、このまま彼を受け入れたら——。

想像しただけで、開いた脚の間が甘く潤っていく自分が怖い。

セックスは、愛情の行為。

けれど同時に、子どもを作る行為なのも間違いないのだ。

「芽唯、もしかして想像しちゃった？」

「や、違……っ」

「違わない。確認してみようか」

「え、あ、あっ」

彼の右手が、スカートの中に入り込んでくる。

腰をうしろに引いても間に合わず、指先が下着の横からとろりと濡れた亀裂を撫《な》でた。

「っっ……」

「胸だけで、こんなに感じたのかな。キスしたときから？　それとも――」

「やだ、や……っ、言わないで……」

「かわいすぎて、おかしくなりそう」

吐息まじりの声で囁くと、優心が中指をくいと蜜口に埋め込んでくる。

「んっ……！」

「この間より、やわらかくなってる。だけど、中は狭いね。芽唯、痛くない？」

「い、たくな……っ、あ、あっ」

痛いどころか、指を咥《くわ》え込んだ粘膜がうねるように震えていた。

彼の指を受け入れて、体がもっと奥まで刺激を求めているのがわかる。

――気持ちよすぎて、怖い。

こんなにも感じやすい自分を、優心はどう思うのだろうか。

「芽唯の中、すごくあったかい。指で撫でると、どんどんあふれてくるよ」

「ぁあ、あ、動かしちゃ……ぁ、んっ」

「気持ちいいところ、一緒に探していこう？」

彼の両肩に手を置いて、かろうじて態勢を保っている。

ともすれば、膝から崩れ落ちてしまいそうなほどの快楽に、目の前がくらくらしていた。

——もっと、もっとほしい。優心さんを、感じたい。

「胸も、それから、ここも」

彼の指が根元まで芽唯の中にめり込んできた。

同時に、親指が花芽を押しつぶす。

「ひぁッ……！」

「一緒にかわいがるからね。芽唯の体は、どこもかしこもかわいくて、全部俺のものってしるしをつけたくなる」

「ああ、あっ、一緒に、ダメぇ……」

がくがくと腰が前後に揺れる。

そのたび、膣内《ちつ》に埋め込まれた指の存在を意識した。

花芽を撫でる親指は、優しく円を描いて芽唯をおかしくしてしまう。

「手のひらまで、こぼれてきた」

「優心、さんっ……」

「大丈夫だよ。芽唯が感じてくれるのが嬉しいだけなんだ」

「や、わたし、だけ……っ」

「だったら、一緒に気持ちよくなってくれる？」

もう挿入するという意味なのだろうか。

芽唯はわからないまま、うなずいた。

ちゅぷ、と音を立てて彼の指が体の中から抜き取られる。

「少し、待って。俺に抱きついて寄りかかっていいよ」

「は、い……」

彼の左肩にあごを載せ、言われたとおりに芽唯は体重をかけた。

——どうして、こんなに気持ちいいんだろう。優心さんを好きだから？　それとも、触れ合うたびにどんどん感じやすくなってしまうの？

左右をリボンで結んでいたショーツが、はらりと脱がされる。

そして、芽唯と彼の腰の間で優心の手が何かをしているのが感じられた。

——あ、これって……。

「こら、見ない。それとも、俺が着けてるところ、見たいのかな？」

「つっ……！　ち、違います。あの、でも……」

避妊具を装着しているのだとわかって、芽唯は耳まで赤くなる。

見たいのか、と問われると否定してしまう。

だが、心のどこかに見たい気持ちもあった。

「でも？」

「……やっぱり、ちょっと気になるというか、興味がないとは言えないというか……」

「芽唯のそういう好奇心旺盛なところもかわいいよ」

ちゅっと音を立てて、優心が目尻にキスを落とす。

「だけど、ごめんね？　今日はもう着けちゃったから、今度見せてあげる」

「う……、よ、よろしくお願い、します……？」

なんだかおかしな返事になってしまったけれど、彼が芽唯を見たいと言うのと同じで、芽唯だって彼のすべてを見たかった。知りたかった。感じたかった。

「芽唯、腰を落として」

「……はい」

ゆっくりと、体を密着させていく。

柔肉に彼の先端が触れると、互いの体がぴくっと反応した。

「もう少し、そう。そのまま」

亀裂を割って、優心の熱が芽唯の蜜口に触れる。

彼は両手で芽唯の腰をつかんだ。

「いいよ。そのままで、いて……」

くちゅ、と蜜音が鼓膜を揺らす。

挿入されるのだと思っていたけれど、彼は芽唯の亀裂に沿って亀頭を前後させた。

蜜口から花芽を何度もこすられ、思いがけない感覚に息ができない。

「ぁ、あっ……」

「逃げないで、もっと俺にくっついてごらん」

「だ、って……、あ、あっ、何、これ……っ……」

互いのせつない部分をこすりあわされる動きは、全身を粟立《あわだ》たせるほどの快感に満ちている。

——挿れてるわけじゃないのに、こんなに感じちゃう……。

「ゆう、しんさ……、あっ、ん」

「どうしたの？」

「これ、あ、あっ、優心さん、も……？」

「ああ。俺もすごく、気持ちいい。芽唯のとこすれると、痛いくらい感じてる」

同じだ、と芽唯は思った。

自分だけではなく、彼もまた同じく感じてくれている。

それが嬉しくて、彼の体にぎゅっとしがみついた。

「だったら、もっと……」

「いいの？　怖くない？」

「怖く、ないです。優心さんに、感じてほし……っ」

「ありがとう。じゃあ、キスしてくれる？」

「きす……」

「芽唯から、して」

おかしいくらいに感じながら、芽唯は彼の唇に自分の唇を重ねた。

それだけでは、物足りない。

みずから舌を出し、彼の下唇を舐めて、甘咬みして、腰を揺らす。

「ん、いいよ、芽唯。すごくいい」

「優心さん、優心、さん……っ」

ふたりの触れ合う部分が、いっそう熱を帯びていく。

いつしか、芽唯も腰を揺らして彼の快感を煽《あお》ろうとしていた。

そのさなか、蜜口にぐりゅっ、と亀頭がめり込んでくる。

「あ、あっ……!?」

「ああ、入っちゃったね。どうする？　このまま、奥まで行っていいのかな？」

優心の声は、ひどくかすれていた。

それが、彼の興奮を示しているように感じて、芽唯は何も言えずにキスを続ける。

「芽唯？」

「ん、ん……」

「きみの中に、入っていい？」

「……っ、来て、ください」

「俺のものに、なって」

それまでは、ゆっくりとつながっていく感覚があった。

けれど、急にぐいと腰を打ち付けられる。

「ひ、ぁああっ、ん！」

ぬぷり、と彼の劣情が芽唯の奥まで突き上げた。

最奥を押し上げられる感覚に、腰が浮く。

それを逃がすまいと、優心が細腰をつかんで密着させる。

「っっ……あ、あ、っ……」

「中、うねって俺のを締めつけてくる」

「ゆ、しん、さ……」

かすかな抵抗で逃げ腰になっていた体が、彼のものを咥えて上下に弾んだ。

「ぁ、んっ、んんっ……！」

違う。芽唯の体が動いているのではなく、下から優心が座ったままで腰を突き上げている。

ずっ、ずっ、ずぐっ、と何度も奥をえぐられる感覚に、体だけではなく心までつながっていく気がした。

「やぁ……っ、いい、奥、まで……っ」

「いいんだ？　怖くない？」

「こわく、な……っ、あ、あっ、きもち、い……」

「素直でかわいい。だったら、もっと──」

すでにいちばん深いところまで当たっていたはずだった。

少なくとも、芽唯はそう感じていたのに。

「ひ、ぁああんっ」

さらに奥へと、優心が切っ先を打ち付けてくる。

「や、待っ……、そんな、に、奥ぅ……」

「ここが、いちばん深いところだね。芽唯の奥、俺のに吸い付いてくるみたいだよ」

「ああっ、あっ、や、やだ、ああっ」

「嫌なの？」

「ちが、くて……っ、きもち、よすぎ、て……っ」

「感じすぎるのが恥ずかしいんだ？　そういうところも、好きだよ」

どうしようもないほど、つながる心と体。

我慢できない声が、室内に満ちていく。

「芽唯、キスしよう。キスしながら、きみを抱きたい」

「んっ……、ん、ん……」

唇よりも、互いの舌が先に触れる。

もどかしさにあえぐ唇は、砂漠でオアシスを見つけた旅人のようにキスを貪っていた。

深く、甘く、狂おしく、愛しく。

体のすべてで、つながりたい。

それは、ただの欲望なのだろうか。

快楽だけでは得られない何かが、ふたりの心をひたと寄り添わせる。

「すごい、締まる……。食いちぎられそう」

ははは、と笑った優心が、芽唯を見つめて微笑んだ。

美しい生え際に、小さく汗の粒が浮かぶ。

なんて愛しい存在だろう。

こんなにも誰かを好きになれるだなんて、芽唯は知らなかった。

「優心さん、すき……」

「俺も、芽唯が好きだ。好きすぎて、腰、止まらない。いいの？　このまま、俺にまかせてくれるの？」

「し、て……、もっと、もっと……」

彼の体にしがみつき、芽唯はねだるように繰り返す。

もっと、あなたがほしい。

頭の中は、それればかり。ほかに何も考えられない。

彼の与えてくれる愛情が、芽唯の中に沁《し》み込んでいく。

「ベッド、借りるよ」

「え……？　あ、んんっ……！」

何を言われたのかわからないうちに、芽唯の体は一瞬持ち上げられて、ベッドに仰向《あおむ》けになった。

腰を高く掲げられ、臀部《でんぶ》がシーツから浮いている。

そこに、優心が真上から劣情を打ち付けてきた。

「っっ……！　ぁ、あっ……」

それまでとは違う感覚に、喉がひどく狭まる。

ベッドに磔《はりつけ》にされた蝶《ちょう》のように、芽唯はただ捕食者の愛で穿《うが》たれていた。

体位が変わって、彼はより自由に動けるようになったのだろう。

抽挿の速度が格段に上がっている。

加速する愛情に、目の前が白くにじんだ。

「は……っ……、芽唯、好きだよ。好きだ、全部、俺だけのものにしたい……っ」

「ぁ、あっ、わたし、も……」

「もっと、奥まで俺を――」

痛いほど深く貫かれた体が、彼を受け入れてきつく収斂《しゅうれん》する。

「や、ぁっっ、あ、何、んっ……」

「中で、イッてくれるの？　このまま、イキそう？」

わからない。

これは、達するということなのだろうか。

「は、ぁあ、あっ、何か、来ちゃうの……っ」

「いいよ。そのまま、俺を感じていて」

「こ、わい……っ、優心さん、あ、あっ」

「大丈夫だよ。俺がいるから。芽唯を感じさせて、イカせるのは、俺だから……」

深く深く串刺され、芽唯は彼の背中にしがみつく。

「ぁ、イク、イッちゃう、ああ、あっ」

「芽唯、俺も、もう……っ」

激しく響く打擲《ちょうちゃく》音に、脳まで突き上げられて、芽唯は自分が自分ではなくなってしまう錯覚に陥った。

いや、それすらも正しくない。

自分が、彼と溶け合って、ひとつになってしまいそうな。

――わからない。これが、どういう感覚なのか、わたしは知らない。

「ゆうし、ん、さ……っ、あ、あっ、もぉ、ダメぇ……ッ」

「芽唯、芽唯……！」

最奥で、彼の亀頭がぶるりと身震いをする。

「ぁああ、ッ、優心、さ……、ああ、あっ、イクぅ……ッ！」

涙声で、芽唯は彼の名前を呼んだ。

愛情の果てに、ふたりの体が打ち上げられる。

「俺、も……っ」

どくん、どくん、と彼の太い幹が脈を打っていた。

浅い呼吸と、速い鼓動。

押しつぶされる子宮口に、脈動が届く。

——優心さんも、最後まで……？

「ああ、全部、搾り取られる……」

眉根を寄せた彼が、せつなくうめいた。

初めて搾り取る、愛する男の精。

直接注がれているわけではないのに、奥深く彼を感じる。

芽唯の濡襞は、果ててなお健気《けなげ》に、優心を締めつけていた——。

・……┃……・……┃……・

カーテンの隙間から、細く光が入り込んでいる。

目を覚ました優心は、それをぼんやりと眺めながら覚醒した。

全身が、甘く気だるさを覚えている。

昨晩、愛しい女性を抱き尽くした。その余韻に、脳が痺《しび》れる。

――これほど幸福な朝があることを、幼い日の俺は知らなかった。

母に棄《す》てられ、父と継母に冷遇されていた、あのころ。

兄だけが、優心の救いだった。

その兄を喪《うしな》ってからは、仕事以外の人間関係を築くことを拒絶して生きてきた。

仕事面ですら、最低限の会話しかしない。

兄の言った自分の優しさは、甘さなのだと思い込んでいたのもある。

弱さを見せれば、人はつけ込んでくる。だから、強くいなければいけない。そう思っていた。

――だけど、きっと俺は間違っていたんだ。

優しくて強かった兄は、人と関わることを恐れなかったではないか。

あの姿を知っていたのに、どうして逃げてしまったのだろう。

逃げていることにすら気づかず、七年。

仮面をつけて、心を見せずにいれば、会社を守れると決めつけた。

すべてが間違っていたとは言わないが、兄の遺《のこ》した『無理すんなよ』という言葉には反してしまった。

――兄さんが俺に何かを望んでくれていたとしたら、それはきっと幸せに生きることだ。無理をせず、自分らしく、幸福に生きることだったに違いない。

七年経って、やっとそれに気づいた。

きっと、彼女がいてくれたおかげだ。

健やかな寝息を立てる芽唯は、優心の葛藤などいざ知らず、幸せそうに眠っている。

彼女と出会えたことは、もしかしたら兄の遺した最後の奇跡なのかもしれない。

――だとしても、芽唯を好きになったのは俺だ。兄さんのおかげで、ひとつきっかけはできていたけれどね。

さて、彼女が起きる前にプレゼントを枕元に置いておこう。

静かにベッドから立ち上がり、鞄《かばん》の中からラッピングされた小さな箱を取り出す。

枕の下に入れたら、気づかない可能性もあるだろうか。

そう思いながら、そっとあたりを見回すと――。

「……まさか」

ベッドヘッドに、靴下を模したラッピングの、手のひらに乗るくらいの平たい箱が置かれている。

そこには『優心さんへ』と書いた小さなカードも添えられていた。

――嘘だろ？　芽唯のほうが先に寝落ちたのに、いつの間に。

愛しさがこみあげて、優心は彼女が準備してくれていたプレゼントを手に取る。

そして、代わりに彼女に贈るプレゼントを同じ場所に置いた。

音を立てないよう気をつけてラッピングを剥がすと、中から出てきたのはダークブラウンのキーケースだった。

――芽唯が、俺のために選んでくれたのか。

センスの良いキーケースは、革製で手によく馴染《なじ》む。

大切にしよう。

このキーケースも、そして芽唯も。

心から、そう思った。

「ずっと、一緒にいよう」

思わず声に出た言葉に、「ん……」と芽唯が眠ったまま返事をくれる。

ただの偶然だとわかっていて、それでもまたひとつ、奇跡が起きたと目を細めた。

もしも、この幸せのために過去の悲しみがあったのだとしたら、そのすべてを受け入れる。

彼女と生きる未来のためならば、なんだって差し出そう。

寝返りを打って、小さく寝言を言って。

彼女は、強く優しく生きている。

あと一時間もせず、芽唯はきっと起きるだろう。

隣にもう一度横たわるか考えたが、起こしてしまってはかわいそうだ。

優心は、床に置かれたクッションに腰を下ろした。

——きみを初めて愛しいと思った、あの日のこと。いつか、話せるだろうか。

生命力に満ちた、明るい笑顔。

あの日から、優心の人生は変わったのかもしれない。

二時間半後には、今日もまた仕事が始まる。

今日も、彼女と一緒にいられる。

——年が明けて落ち着いたら、芽唯にあの人を紹介しよう。兄のこともあるから、きっと彼女は一緒に祝ってくれる。

芽唯に知ってほしいことが、たくさんあった。

過去の痛みは、自分ひとりでも引き受けられる。

けれど、これから先の未来で出会う幸福は、彼女と分け合っていきたい。

カーテンの隙間から入り込む朝日は、世界の始まりのように優心の心を照らしていた。

・・・・・・・・・・・・・・・・・・

──目が覚めたら、プレゼントがあった。優心さんからの、プレゼント。

小箱の中には、かわいらしい指輪が光っていた。

彼は目を細めて見ていただけだったが、芽唯は泣きそうなほどに嬉しかった。

優心の手には、芽唯が準備しておいたキーケースが握られていたからだ。

幼い日に、両親や祖父母からもらったプレゼントも幸福だったけれど、それとは別に誰かにクリスマスの祝福を差し出せる幸せがあることも彼が教えてくれた。

クリスマスが終われば、今年も残るところあとわずか。

二十七日の仕事納めまで、残り二日だ。

優心は、朝のうちに一度自宅マンションへ帰っていった。

実のところ、もしも一緒に出社しようと言われたらどうしよう、なんて心配していたのに、帰ると言われたら寂しくなった自分に驚いた。

──でも、もうすぐ会える。社長の秘書で良かった。

「塚原さん、おはよう」

「おはようございます！」

秘書課のプリンタ前に立ち、珍しくプリントアウトした資料を準備していると、香織がやってきた。

「すごい、元気。昨日はいいクリスマスだったのかしら」

「え、えっと、普通です。普通に、いい日でした」

「ふふ、後輩が元気だと嬉しいな。今じゃなくてもいいから、いつか普通にいい日だったクリスマスの話も聞かせてね」

憧れの先輩は、もしかしたら千里眼の持ち主なのではないだろうか。

最近、香織は何かを察しているような発言をする。

もちろん、ほかの人がいないときを見計らってくれるので、配慮を欠かさない彼女らしい。

——でも、どうしてバレたんだろう。というか、ほんとうにバレてる……？

「おはようございまーす。あー、クリスマス終わっちゃった。年末年始が待ち遠しいわ」

「日比野さん、おはようございます」

「おはよう、塚原さん。あ、そうだ。昨日、塚原さんが帰った直後に社長宛の連絡があったの。知ってる方だったから、アポイントメントを入れておいたわ」

「ありがとうございます。あとで確認します」

「うん、よろしくね」

資料の準備を終えると、黒一点の課長の席に運ぶ。

それから今日の予定を確認して——。

右手の薬指に、彼のくれた指輪が光っている。

普段からアクセサリーはつけているけれど、今日は何度もリングを確認してしまう。

「塚原さん、引っ越して心機一転できたみたいだね」

先輩社員に、背後から肩をたたかれて芽唯は「えっ、あっ、そうですか？」と慌てて右手を机の下に隠した。

別に隠す必要はなかったけれど、なんとなくそうしてしまう。

「最近、表情が明るくなったよ。ほんとうによかった」

秘書課の先輩たちは、芽唯の引っ越し理由を知っている。

だから、気にしてくれたのだろう。

「ご心配をおかけしてすみませんでした」

「そうじゃなくて！　今度からは、何かあったらちゃんと先輩を頼ること。わかった？」

「はい。ありがとうございます」

「そういえば、社長も最近雰囲気変わったって噂だよね」

彼女は、以前に芽唯と一緒に社長秘書を担当していた人だ。

由香里と芽唯の間の、専属というのが正しい。

「そうですね」

「恋人ができたとか、聞いてない？」

「いえ、ぜんぜん！」

——その恋人がわたしです、なんて言えるわけない！

ふうん、と目線を逸らした先輩が、思案顔で口もとに手を当てる。

「もしかして、初尾《はつお》さんが相手なのかな」

「はつお、さん、ですか？」

知らない名前が飛び出して、芽唯は二度まばたきをした。

「そう。初尾奈江《なえ》さん。たしか昨日、日比野さんがアポイントの連絡を受けてたでしょう？」

先ほど、由香里からアポイントメントについては話を聞いている。

その相手が初尾奈江という女性なのだろう。

「あ、そっか。塚原さんは初尾さんのこと知らなかったね」

「はい。どちらの方なんでしょう？」

「どちらのっていうか、うーん」

先輩は、ちらっと左右を確認する。何か、言いにくいことなのか。

——なんだろう。ヘンな感じだ。

優心のアポイントメントは、基本的に仕事関係しかいない。

稀に政府筋の人間もいるけれど、大半は企業人だ。

だが、初尾奈江という名前に聞き覚えはなかった。

「前の社長って、今の社長のお兄さんだったでしょう？　ほら、七年前に亡くなった」

「はい」

「初尾さんは、その前社長の婚約者だった方なの。婚約されたときもまだ二十代で、年齢的には前社長より今の社長のほうが歳も近かったはず」

──優馬さんの、婚約者。

「以前は、たまに会社にも顔を出してくれていたの。あ、もともと初尾さんのおうちって、資産家でね──」

先輩の話を聞いていると、妙に不安が募る。

勝手な憶測だとわかっているのに、見知らぬ女性が優心の隣に立つ姿が想像できた。

──ああ、そうか。

優馬の婚約者だったという女性。

花木家のことを考えると、このご時世でも政略結婚は珍しくない。

もしかしたら、あらためて初尾奈江という女性が優心の婚約者候補として選ばれたのではないか。

そんな考えに至ったせいだ。

──でも、優心さんならそういうのはきちんと断ってくれる。そう信じられる。

気持ちを立て直したところで、先輩からガツンとひと言。

「そういえば、社長って最近は笑うようになったけど、以前から初尾さんといるときだけはうっすら微笑んでいることがあったの。それで、ひそかに社長はお兄さんの婚約者に想いを寄せていたんじゃないか……なんて噂があったくらいなのよ」

芽唯だけ、だと思っていた。

ほかの誰にも素を見せられない優心。

——だけど、そうじゃなかったんだ。当たり前だ。初尾さんって人は、お兄さんの婚約者だったんだもの。だったら、笑わなくなる以前の優心さんを知っていて……。

ぞくり、と首筋が冷たくなる。

優心にとって、自分だけが特別だと思いたかった。思い込んでいた。

右手薬指の指輪が、きらりと光る。

左手で、指輪の上から自分の右手をぎゅっと握る。

クリスマスに彼がくれた指輪。

この指輪が、彼の愛情だ。

不安になる必要なんて、ないとわかっている。わかっているのに。

——わたしは、見知らぬ初尾さんに嫉妬してるのかもしれない。

いつも彼がすべて教えてくれた。

誰かを本気で好きになること。誰かを少しだけ幸せにできたときの嬉しい気持ち。心と体でつながる喜びも、全部。

そして。

嫉妬の感情を教えてくれたのもまた、優心だった――。

第四章　未来のすべてを、きみに

——結局、聞けなかった。

仕事納めの十二月二十七日は、朝から冷たい雨が降っていた。

夜には雪に変わるかもしれない、と天気予報が出ている。今日は、忘年会の会社も多い。帰りが遅くなると、公共交通機関に影響が出る可能性があるそうだ。

だが、芽唯のいる秘書課では二年前に忘年会が廃止された。

感染症対策もあったが、そもそも忘年会だけではなく会社の同僚と食事会なんて普段からしていることだ。いちいち、年末の忙しい時期にやる必要はない。

——だけど、もし忘年会があったら、前社長の生前から事情を知っている先輩に話を聞けたのかもしれないのに。

芽唯だって、別に社内の飲み会が好きなわけではなかったけれど、今回はそういう場があればと思ってしまう。

いや、気になるならば秘書課の先輩ではなく優心に直接尋ねればいいと知っていた。

初尾奈江。

その女性とは、どういう関係なのか、と。

「おはようございます、社長。本日は仕事納めとなります。今年も一年間、たいへんお世話になりました」

朝の社長室で、芽唯は今日のスケジュールの確認をする。

社内でも――特に、社長室でふたりきりのとき、優心はもう仮面をかぶるのをやめていた。

けれど、芽唯のほうは徹底して秘書らしく話す。

ある意味では、以前と逆のようにも思える。

「本日は午前中、役員慰労会が第一会議室で行われます。午後は、十四時に初尾奈江さまがご来訪の予定です」

「ああ、そうだ。奈江さんが来る日だ」

ぱっと優心の表情が明るくなるのがわかった。

前社長で、優心の兄の婚約者だった女性。その人と会うのが、そんなに嬉しいのだろうか。

――お兄さんの大事な人だったんだもの。嬉しくてもおかしな話じゃない。なのに……。

心に刺さった小さな棘《とげ》は、先輩の言葉だ。

『以前から初尾さんといるときだけはうっすら微笑んでいることがあったの』

『ひそかに社長はお兄さんの婚約者に想いを寄せていたんじゃないか……なんて噂があったくら

いなのよ』

片方だけだったら、もしかしてこれほど気に病んでいなかったかもしれない。

芽唯と出会う前にも優心に心を許す相手がいたとしたら、彼がひとりぼっちではなかったと安堵できた。

兄の婚約者に憧れていたとしても、今は芽唯だけを愛してくれているのを知っている。

そう、ひとつひとつに答えを出せるのに、どうしてこんなに不安になるのだろうか。

「芽唯、初尾奈江さんというのは兄のかつての婚約者でね。きみにも紹介したいと思っていたんだ」

懐かしむような、慈しむような、優心の声。

胃のあたりが、ずき、と痛む。

どうして、自分は彼の言葉だけを信じられないのだろう。

そして、不安ならば直接尋ねればいいだけのことなのに——。

クリスマスが明けて、初尾奈江の話を耳にしてからのこの二日、芽唯はひどく体調が悪い。

風邪を引いたのかもしれないと、寝る前には漢方薬をのんでいる。

——ぜんぜん、効かないな。

「芽唯？　なんだか顔色が悪いみたいだけど——」

「いえ、大丈夫です。それでは、初尾さまがいらっしゃるときには、極上の玉露をお淹れします」

「ありがとう。奈江さんはお茶が好きだから、芽唯の淹れるお茶を喜んでくれると思う」

彼からではなく、ほかの人から奈江について聞いていたのがなんとなくうしろめたい。

優心は、何も隠すところなく話してくれているではないか。

このタイミングで、彼女について質問すればいいだけだ。

「なんだか、やっぱり具合が悪そうだ」

「少し風邪気味で。ご心配をおかけして、申し訳ありません」

「そうか。今夜はできたら会いたかったんだけど、早く帰って休んだほうがいいかもしれないね」

優しい彼の声が、今はひどく胸を締めつける。

胃痛だけではなく、だんだん下腹部も重く感じるようになってきた。

そういえば、月経の時期だ。明日か明後日には、始まるかもしれない。

「ところで、きみは明日から実家に帰るんだったね」

「はい。今年はゴールデンウィークも帰っていなかったので、そろそろ顔を出しませんと」

当初から二十八日に帰省する予定だった。

「もし良かったら、車で送るよ。それでついでに……」

「そんな、滅相もないです。社長にそこまでしていただいては両親が恐縮しますので」

「社長としてじゃなく、恋人としてならどう？」

「……社長、今は勤務中です」

自分の声が、ひどく冷たく聞こえた。

どうしてしまったんだろう。

こんなふうに、年末を迎える予定ではなかったのに。

「うちの秘書は真面目で助かるよ。さて、それじゃ俺もしっかり仕事納めに励もう。来年も、芽唯と一緒にいられるようにね」

優しい彼の言葉に、芽唯はかろうじて笑みを浮かべた。

――こんなに幸せなはずなのに、不安になる自分が嫌だ。もっと明るく、元気でいたいのに。

わたしの取り柄なんて、そのくらいしかないのに。

結局、気持ちは沈みがちなまま、芽唯は午前の仕事を片付ける。

仕事納めは、秘書課にとってもそれなりに忙しい一日なのだ。

けれど、今日は忙しいほうがいいと思える。

彼のもとを訪れる彼女のことを考えると、胃痛が悪化するばかりだから。


昼食は、ほとんど食べられなかった。

なんだか自分でも自分が信じられない。ほんの二日前までは、あんなに幸せを噛み締めていた。

休憩のときに、もしかしたら月経前症候群を疑ってスマホで検索をすると、それとは別の月経前不快気分障害という病名が出てきた。

月経が始まる前に、不安や緊張、情緒不安定、抑うつ、それから怒りやイライラが募るものらしい。

――えっ、ものすごく当てはまる！

今までも、月経前には体調が悪かったり、下腹部痛があったりしたけれど、それに加えて精神的な影響が起こるようになったのかもしれない。

――こんな状態が続いたら、絶対に優心さんを心配させる。年が明けたら、病院に行ってみよう。

投薬治療ができるのなら、それに越したことはない。

ぱっと見た感じでは、生活改善も効果的だと書かれている。

とりあえず、時間ができたら詳しく調べることにして、今日は仕事に気持ちを向ける。そう決めた。

単純なもので、原因がこれかもしれないと思ったら、少し気分が楽になった。

なんなら空腹すら感じてきて、芽唯は思わず苦笑してしまう。

――あとで、優心さんにもちゃんと謝っておかなくちゃ。今日のわたしは、さすがに感じが悪かった。

帰省前に、話す時間が取れるだろうか。

実家まで送ってもらうのは、なるべく避けたいところだけれど。

十三時五十分に、ビルの一階にある受付から連絡があった。

「社長と十四時にお約束の初尾さまがいらっしゃいました」

——ああ、ついに。

「ご連絡をありがとうございます。役員フロア直通のエレベーターまでご案内をお願いいたします。こちらでお出迎えをいたします」

「かしこまりました。失礼いたします」

余談だが、花嬉グループの本社ビルでは、受付に自社社員を配置していない。

芽唯が入社したのと同時期に、外部の受付スタッフ専門派遣業者と契約をし、契約社員を雇っている。

秘書課についても、いずれは類似した形式に変更しようという案が出ているらしく、先輩たちはその話題を耳にするたび、不満を口にしていた。

受付、秘書などの業種は、世間的にルッキズムの対象にされがちだ。

実際、秘書課の先輩たちは皆美しい女性が多いが、それは顔立ちそのものというよりも、丁寧なケアで肌を保っていたり、ジムに通って体型を維持している部分が大きい。

そんなどうでもいいことを考えながら、芽唯はエレベーターの到着を待つ。

ポーンという電子音に続いて、役員フロアのエレベータードアが開いた。

そこに立っていたのは、想像していた華やかなお嬢さまタイプの女性ではなく、どちらかといえば質素でおとなしそうな印象の人物である。

それでいて、そこはかとなく儚《はかな》げな大人の女性だ。

細い華奢《きゃしゃ》なヒールは、新品ではないけれど丁寧に手入れをして大切に履いているのが感じられた。

「花木社長とお約束をしております。初尾と申します」

やわらかなアルトの声に、芽唯は自分の考えを恥じた。

資産家の娘で、前社長の婚約者。

優心とも親しいらしいという情報に、目がくらんでいたのだろう。

それこそが、嫉妬か。

——ほんとうに、わたしったら。生理前だからって、ちょっと偏見が過ぎる！

実際の奈江を前にして、芽唯はまた少し心が落ち着くのを感じた。

「お待ちしておりました。社長室へご案内いたします」

「ありがとうございます」

役員フロアの廊下を歩いていると、芽唯の靴音ばかりが耳につく。

あんなに細いヒールでも、奈江の足音はとても小さい。

——お嬢さまって、派手な服装やブランドのバッグじゃなくて、こういうところに品を感じる。

残念ながら庶民の出の芽唯には、今のところ身についていない所作だ。

今後、優心とどこかへ出かけたときに恥ずかしい思いをさせないよう、以前に香織が通っていると言っていた作法教室を紹介してもらうべきだろうか。

「こちらでお待ちくださいませ」

社長室の前で足を止め、芽唯はドアをノックする。

「どうぞ」

中から、優心の声が聞こえたのを確認し、芽唯はドアを開けた。

「社長、十四時にお約束の初尾さまがお見えです」

「ああ、入ってもらってくれ」

いつもの無表情に、今日ばかりはやけに安心する。

だが、それも一瞬のことだった。

「久しぶり、優心くん」

「奈江さん！」

ふわりと微笑んだ奈江に、優心がデスクから立ち上がる。

自分以外の誰かに対してそんなふうに笑いかける彼を、芽唯は見たことがなかった。

——違う。優心さんが今、好きでいてくれるのはわたし。わかってる。わかってるんだから、不安になっちゃダメ。

たとえ、過去に彼女を好きだったことがあったとしても、今は違うはずだ。

彼の誠実さを、芽唯は誰よりも知っているのだから。

「ほんとうに久しぶりだ。最後に会ってから、五年？　六年近い気がする」

「そうね。まだ優心くんは、新米社長だったころ」

「ええ、今でもどうせ俺はまだまだ未熟者ですよ。──ああ、よかったらソファに座って」

「ありがとう」

奈江がソファに近づくのと同時に、優心は芽唯に向かって歩いてきた。

──え、どうして。

困惑を顔に出さないよう留意し、さっさと給湯室に向かわなくては。

そう思った芽唯の横に立ち、優心が口を開く。

「奈江さん、紹介するよ。俺の秘書の塚原芽唯さん。実は俺たち……」

「ご挨拶が遅れて申し訳ありません。秘書の塚原と申します。社長、すぐにお茶のご用意をいたします」

恋人だと紹介しそうな勢いの優心をあえてさえぎり、芽唯は逃げるように社長室をあとにした。

あの大人っぽい人の前で、優心の恋人と紹介されるのがなんだか怖かった。

いったん落ち着いていた不安が、また胸に渦を巻く。

──大丈夫。これは、生理前のせい。落ち着いて、いつもどおりに。

丁寧にお茶を淹れるのは、芽唯の特技だ。

優心の大切なお客さまのため、芽唯がいちばんおいしいと思っているお茶の葉を選ぶ。

湯を沸かして、茶器を温めるところから、一切手を抜かずに茶の準備をした。

お茶を運んだあと、芽唯は秘書課に戻り、ため息をついた。

——初尾さん、上品で優しそうな人だった。優心さんのお兄さんの、婚約者だった人。ほんとうなら、今ごろ幸せな夫婦になっていたんだろうな。

おぼろげだった記憶の中の優馬は、今ではすっかり優心の顔になってしまった。

記憶というのはとても曖昧なものだ。

優心と似ていると感じた時期もあったはずなのに、すでに優馬の顔を思い出せない。

しばらく書類仕事をしていると、先輩秘書が「大変！　すごいもの見ちゃった！」とフロアに入ってくる。

優心はひそかに奈江に想いを寄せていたのでは、と話してくれた先輩だ。

「今、社長室から初尾さんと社長が出てきたんだけど……」

「え、どうしたの？」

「初尾さん、なんか泣いてたの。それで、社長がそっと腰に腕を回しててね！」

「ええっ、それってまさか！」

「やっぱり、あのふたりってそうなんじゃない？」

「亡き婚約者をめぐる、想い合うふたり、みたいな？」

「えー、やだやだ。泣ける映画じゃない、そんなの」

聞きたくないのに、耳が先輩たちの会話に集中してしまう。

――知らない。わたしは何も知らない。だけど、もし……。

ほんとうに、優心が奈江を、奈江が優心を想っていたら？

優しい彼は、兄のことを慮《おもんぱか》って、芽唯のことを考えて、身を引いてしまうのではないだろうか。

――わたしは、優心さんにそんなことしてほしくない。好きな人と、一緒にいてほしい。

いや、あくまでそれはただの妄想だ。彼の話を聞かず、一方的に決めつけるのはよくない。

一度、彼と話してみよう。

それでちゃんと、優心の気持ちを聞いた上で考えよう。

――わたしは、優心さんを信じる。わたしを好きだと言ってくれた彼を、疑いたくない。

まったく、今まで恋愛経験をあまり積まないままで生きてきた弊害だろうか。

大人の恋が、難しすぎる。

二十五歳なんて、優心から見たらまだまだ子どもなのかもしれない。

それでも、彼が好きだ。彼と一緒にいたいと願っている。

――だから、好きな人の言葉だけを信じよう。

・・・・・・┃・・・・・・・・・・・┃・・・・・・

忘年会は、やらない。

だからといって、仲の良い者同士でプライベートな食事会をしないともかぎらない。

仕事納めのあと、由香里を幹事に外資系企業の男性たちとの食事会があると誘われたが、芽唯は以前の引っ越し理由を盾に断っていた。

「来年こそ、塚原さんも一緒に食事会しましょうね」

先輩たちは、そう言って手を振った。

——来年こそ、恋人ができましたと報告できるといいんだけど。

明日の午後には、実家に帰る。

帰省とは名ばかりで、同じ東京に両親の家はあった。

電車とバスを乗り継いで、片道一時間強もあれば帰れる距離だ。

両親も、もとは世田谷に住んでいたので特に帰省のお土産などは用意していない。

仙川駅を出ると居酒屋の前で、近所の会社で働いているらしき集団が「よいお年を！」「来年もよろしく」などと言葉を交わしているのが見えた。

いつもより混雑した駅前を抜けて、芽唯はマンションではなく公園への道を歩く。

今夜のうちに、優心に話をしたい。それは本心だ。

けれど、落ち着かない気持ちのままで思っていないことまで言ってしまったら、と思うと自分に自信がない。

——今日じゃなくても、いい。生理が来て、いろいろ心が落ち着いてからでも、ぜんぜんいい。

冬風が、ひゅうと耳元を吹き抜けた。

こんな寒い夜に公園へ行くのは、さすがに間違っている。

そして、間違っているとわかっていても、そうしたい日だってあるのだ。

誰もいない公園のブランコに座り、芽唯はスマホの画面を見る。

周囲の暗がりが、スマホのバックライトでほんのり照らし出される。

——うう、お尻が冷たいなあ。

メッセージを送るかどうか悩み、何度も書いては消してを繰り返した結果、やっぱりやめておくことにした。

結局、ブランコをベンチ代わりにしただけの三十分だった。

しかし、十二月の夜にやることではない。自分に苦笑しながら、芽唯は家路をたどる。

「あーあ、来年はもっと恋がじょうずになりたいなあ」

誰もいない住宅地で、人に聞かれたら恥ずかしいタイプのひとり言を口に出してみた。

なりたいと思っただけで、そうなれるものなら苦労はしない。

——帰ったら、今日は機嫌が悪くてごめんなさいって、ちゃんとメッセージを送ろう。それから、年明けに戻ってきたら一緒に初詣に行きませんか、って……。

マンションが見えてきたとき、建物の外でガードレールに腰掛ける見慣れた姿に驚いた。

——え？　どうして⁉

思わず駆け出すと、彼も芽唯に気づいたらしく手をひらひらと振ってくれる。

「優心さん、どうしたんですか？　こんな寒い中で……」

「芽唯ちゃんを待ってたんだ。どうしても、今夜会いたくて。ごめん、ストーカーっぽかった？」

「そんなことないです。でも、風邪をひいたら大変です」

「うん、ごめんなさい」

彼は、いつもよりふわふわした話し方からして、アルコールが入っているのかもしれない。

考えてみれば、天下の花嬉グループの社長だ。インターネットサービス業界の帝王と呼ばれる人物なのだ。

仕事納めだからといって、何ごともなく帰れる芽唯と違い、彼にはいろいろとつきあいもあるのだろう。

——いつも、わたしのために時間を作ってくれているの、ほんとうはわかってました。

「コーヒーでも飲んでいきますか？」

「ずうずうしいけれど、芽唯ちゃんの淹れてくれるほうじ茶が飲みたい」

珍しく甘えてくる彼が愛しくて、芽唯は自然と微笑んでいた。

「どうぞ、上がっていってください」

「ありがとう」

玄関の鍵を開けて、ふたりで部屋に入る。

日中、人のいなかった部屋はひんやりと冷えている。それでも、外よりは少しましだ。

「今、お茶の準備を――」

「嫌だ」

ほうじ茶が飲みたいと言った同じ口で、彼はおかしなことを言う。

長い両腕が芽唯に抱きついてきて、背中がほわんと暖かくなった。

「あー、あったかい。かわいい……」

――うう、かわいいのは優心さんのほうですよ！

その言葉に心をぎゅっとつかまれてしまう。

でも、彼の本心をちゃんと聞きたい。

せっかく会いに来てくれたのだから、これはチャンスだ。

芽唯だって、年末年始をぐずぐず考え込んで過ごしたくはない。

噂に流されたくないからこそ、彼が奈江とどういう関係だったのか、彼女をどう思っていたのかをきちんと知っておきたかった。

「芽唯ちゃん」

「はい？」

「俺はね、奈江さんに会うと、いつも少しつらくて、いつも少し泣きたくなる」

――どういう、意味?

彼の言葉に、何も言えなくなる。

芽唯に話してくれるのだから、少なくとも浮気宣言ではないと信じたい。

いや、まさかとは思うが自分のほうが浮気相手という可能性はあるのだろうか。

「そう、なんですね」

絞り出した声は、自分でもわかるほどに震えている。

「うん。でも、今は芽唯ちゃんがいてくれる。俺をひとりにしないで、ぬくもりをくれる。俺もきみにとって、そういう存在でありたいんだ」

「……優心さんは」

公園で出会ったのがわたしじゃなくても、同じ気持ちになってくれましたか?

聞きたいけれど、あの夜に出会えなければお互いプライベートで知り合うことはなかったのもわかっている。

偶然と、必然。

細い糸をつないでくれたのは、ブランコと優馬という共通点だった。

――わたしは、もっと優心さんにとって必然でありたい。だって、わたしにとっては優心さんじゃなきゃダメだから。ほかの誰でもなく、優心さんだけを強く強く想ってる。

「やっぱり、帰るよ。明日は帰省だね。少しでも顔が見られて嬉しかった」

「あの、でも……」

言いかけた言葉が、喉の内側に張りついて出てこない。

心の整理がうまくできなくて、ただ泣きたくなってしまう。

こういうところが子どもなんだ。頭ではわかっていても、だったらどうしたらいいというのだろう。

「……ごめん。ほんとうは、奈江さんに芽唯ちゃんを紹介したかったんだ」

どうして、と聞きたいのに。

――今、何か言ったら泣いちゃいそうだ。

「あの人は、いつだって寂しそうで、だけど俺は何もできなくて……」

「ゆ、優心さんっ」

芽唯は、背後から抱きしめてくる彼の名前を呼ぶ。

思っていたよりも大きな声が出て、彼の腕がかすかに硬直した。

「あの、今夜、泊まっていきませんか？」

「……無理させたくないから帰るよ。顔を見て、ぎゅってしたかっただけだから。ほうじ茶は、また次回の楽しみにしておく」

「そう、ですか」

これ以上、引き止める言葉がない。

一緒にいてほしいと、いつもなら言えるはずのことすら言えなかった。

コートにマフラー姿の背中を見送って、ひとつの決意を胸に抱く。

——わたしは、優心さんが好き。だから、優心さんがほんとうに幸せになってほしい。

その相手が自分でなかったとしても、彼が幸せであることが何よりだ。

うじうじ考え込んでいるよりも、はっきりとどうしたいかがわかったからなのか、懊悩《おうのう》する気持ちがすうっと引いていく。

「よし、そうしよう。だってわたしは、優心さんが大好きなんだから」

その夜は、長い夢を見た。

どんな夢だったのかは、覚えていない。

ただ、目覚めたときにもやはり、優心のことを好きだと思った。

・・・・・・|・・・・・・・・・・・|・・・・・・

——情けない。

今年も残り三日という朝、優心はベッドから起き上がってため息をつく。

反省しきりなのは、昨日の自分の言動について。

たしかに、久々に顔を合わせる奈江に思うところはあった。

彼女が、兄亡きあとにどれだけ苦しんでいたかを知っている。

会えば、兄を思い出す。だから、できることなら奈江にはあまり会いたくないと思っていた時期すらあったほどだ。

初尾奈江は、今年三十三歳になった。

兄がこの世を去ったとき、彼女はまだ二十六歳だった。今の芽唯と、一歳しか変わらない。

その若さで、愛する人を失った奈江を思うと、芽唯に重ねてしまう。

かわいくて、愛しくて、優しくて、明るい芽唯。

「ああ、俺は相変わらず弱い。なあ、兄さん」

兄は、愛する人を残して逝くしかできなかった。

だから、奈江と会うと兄を思い出してつらくなる。泣きそうになる。

——とはいえ、その気持ちを芽唯ちゃんにぶつけるのは情けなさ過ぎるよな。

七年。

それはひとつの区切りとなる時間だ。

奈江はそのときをもって、未来へ踏み出す覚悟を決めたと言っていた。

自分もいつか、兄を忘れる日が来るのだろうか。

いや、奈江は忘れたわけではない。彼女だって、優馬を忘れられないから七年もの時間を必要としたに違いない。

人は、大切な誰かを失っても生きていく。

生きるために思い出さない日が増えていくけれど、それは何も悪いことではないのだ。

――俺も、前に進むよ。彼女がいてくれれば、きっと歩いていける。

年が明けたら、彼女にプロポーズをしよう。

スマホのカレンダーを表示して、優心はスケジュールを登録する。

それは、あの人が幸せをつかむ日。

そして、自分が未来に向けて一歩を踏み出す日。

そのときには、彼女に隣にいてほしい。

・・・・・┃・・・・・・・・・┃・・・・・

お正月、三が日が明けて、芽唯は仙川のマンションに帰ってきた。

実家にいる間、ひどい風邪をひいてしまった。仕事納めのころに心身が不調だったのは、風邪の予兆だったのかもしれない。

年始の挨拶こそメッセージアプリで送ったものの、咳《せき》と喉の痛みのせいで新年になってから音声通話のたぐいは一度もしていなかった。

――優心さんの声が聞きたいな。

数日間、誰もいなかった部屋はとても寒い。

まだ治りきらない風邪を抱え、芽唯はボストンバッグをローテーブルの横に置く。

体の調子が悪いと、心も引っ張られてしまう。

このままベッドに倒れ込みたい気もしたが、新年早々だらしない生活をするのも嫌だ。

せめてもの抵抗に、去年買っておいた新しい卓上カレンダーをラックに置く。

荷物の片付けをすべきだ。

けれど、まだ微熱があるのか体がだるい。

「はあ……」

ため息をついても、ひとり。

エアコンからは、温風が静かに流れてきた。

年末年始、寝込んでいたからこそ、優心のことばかり考えて過ごした。

初めて公園のブランコで会ったとき、彼がどうして会社で表情を殺しているかを聞いたとき、
高級花火をしに二子玉川まで行ったとき、それから――。

どの瞬間を切り取っても、彼のことが好きだと思う。

この先も、ずっと一緒にいたいと本気で願う。

だからこそ、決めたはずなのに。

彼と会って、話して、彼の気持ちを確かめるのが先決だ。

それ以外、今すべきことは何もない。

——あ、荷物の片付けはしなきゃいけないんだけど。

とにかく、一方的に優心の気持ちを決めつけるのはよくない。

ふたりのこれからについて、勝手な決断をするのも駄目だ。

——だけど、きっと優心さんは優しいから、ほんとうは初尾さんを好きだとしてもわたしには言わない。言えないいんだ。

彼女と会うと、少しつらくて、少し泣きたくなる、と彼は言った。

——その気持ち、わかる。わたしも今、優心さんのことを考えるとつらくて泣きたくなるから。

「うー、新年だよ！　もっと明るくいこう、わたし！」

強引に自分を鼓舞して、芽唯はボストンバッグの中身を片付ける。

衣類をクローゼットにしまい、メイク用品をもとの位置に戻し、母が持たせてくれた煮物を冷蔵庫に入れた。

最低限を終えたから、もうベッドに横になってもいい。

枕に抱きついてうつ伏せになると、胸の苦しさがぶり返してきた。

——ブランコに、乗りたいな。風を切って、空を見上げて。

微熱が頭をぼんやりさせる。

目を閉じると、優心と過ごした夜の公園が見える気がした。

ブブ、ブブ、と耳元で何かが鳴る。スマホの受信音で、自分がうたた寝していたのに気づく。

『もうマンションにいるころかな。風邪の具合はどう？』

メッセージの送り主は、優心だ。

『まだ微熱があります。でも、よくなってきました』

『もしよかったら、少しだけ会えないかな。年末年始、芽唯ちゃん不足だった。すぐ帰るから、五分だけ』

――わたしも会いたい。だけど会ったら、きっと聞いてしまう。優心さんは、初尾さんのことが好きなんですか、って。

それを尋ねる時点で、彼を疑っていることになる。

そして、もし彼がほんとうに奈江を好きだったとしたら苦しめることにもなってしまう。

聞きたくない。だけど聞きたい。

――いっそ、ただ離れるだけでいいんじゃないの？　優心さんを困らせるくらいなら……。

返事ができないまま、十分、十五分と時間が過ぎていく。

既読は向こうもわかっているのだから、無視していると思われてもおかしくない。

なのに、一向に返信ができないままだ。

わたしも会いたい？

会いたいけれど、風邪をうつすのが不安だから、とか？

二十分が経過しようとしたとき、玄関のインターホンが鳴った。

のろのろとベッドから起き上がり、液晶を覗き込む。

インターホンの映像に映るのは——優心だ。

「どうして……？」

『ごめん、どうしても会いたかったんだ。芽唯ちゃん、ドア開けて？』

真冬だというのに、彼は汗だくだった。

自宅でくつろいでいた服装らしく、パーカーにコートを羽織っただけのラフな格好は珍しい。

『何か、年末からちょっと違和感があって。ごめん、芽唯ちゃんが具合よくないのはわかってる。だから、スポーツドリンクとおかゆも買ってきた』

だから、入れて。

コンビニの買い物袋を持ち上げてカメラに写す彼は、純粋に芽唯を想ってくれている。そう思える。

——なのに、疑っているわたしがおかしいんだ。きっと、そう。

芽唯は、玄関でサンダルに足を入れるとドアを開けた。

「あけましておめで——」

「……ごめん」

彼はいつもの優しい顔ではなく、仕事中のクールな顔でもなく、芽唯を奪うような目をして強く抱きしめる。

芽唯の不安定な言動のせいで、優心のことも不安にさせてしまった。

――謝るのは、わたしのほうなのに。

「優心さん……」

「どうして、芽唯ちゃんが俺と距離を取ろうとしているのかわからない。だけど、風邪をひいているだけじゃなくて、何かあったんじゃないか？」

「……」

「顔を見て、わかった。芽唯ちゃんは俺から離れていこうとしてるって」

「どう、して……」

「駄目だよ。絶対にきみを離さない。俺は、兄貴が死んでから心のどこかが死んでいた。ひとりに慣れて、指先から心まで冷たくなって、そのつらさにすら気づけずにいた。だけど、きみが俺を生き直させてくれたんだ」

――わたしじゃなくても、よかったんじゃないの？　素のあなたを受け止めてくれる人はほかにもいたでしょう？

声にできない思いの代わりに、涙が頬を伝っていく。

「泣かせたいわけじゃないんだ。ただ、きみが好きだよ。五分でいい。話をさせてほしい」

泣き出した芽唯を抱き上げて、優心がソファに座らせる。

「ねえ、芽唯ちゃん。何か気になることがあるなら話して。俺は、きみじゃなきゃ駄目なんだ。だから、芽唯ちゃんの不安も懸念も全部話して。きみと一緒にいるためなら、なんだってする。きみが必要なんだ」

切実な声に、涙が止まらない。

「どうしようもないほど、きみを愛してる」

どうしようもなく好きで、好きだから不安で、好きだから彼に幸せでいてほしくて。

「……わたし、優心さんが好き、なんです」

「うん」

「だから、もし優心さんがほんとうは初尾さんのこと、を……」

「奈江さん？」

それまで真剣に話していた優心の声が、驚きに裏返る。

彼にとって、きっと芽唯の懸念はまったくの予想外だったのだろう。

実際、愛されている実感はあるのだ。

それなのに、不安がどうしても拭いきれない。勝手に決めつけてはいけないと何度も自分に言い聞かせ、何度も立ち直ったつもりになって、何度も不安に押しつぶされている。

「す、好きなんじゃないかって、思って。でも、聞いたらきっと優心さんは優しいから、ほんとうのことなんて言えなくなるでしょう？　だから、わたし、が……」

「何、言ってるんだよ」

「だって、優心さん、が」

「何言ってるんだって、意味がわからない。俺は、芽唯のことしか好きじゃない！」

「う……」

両肩をつかまれ、まっすぐに瞳を覗き込まれた。

彼は、いつだって芽唯に気持ちを向けてくれる。それがわかっていて、どうして疑ってしまうのだろう。

「奈江さんは、兄貴の婚約者だった人だよ。ほんとうは、彼女が会社に来るのとは別に、芽唯ちゃんに紹介したいって思ってたんだ。兄にはもう、きみを紹介できない。だから、せめて兄の愛した人に」

――ほんとうに？　そんなふうに、思っていてくれたの？

優心の瞳は、いつも真摯だ。

芽唯とふたりでいるとき、彼はほんとうの自分で接してくれている。

「ただね、彼女に結婚が決まったって言われて、祝福しているのに、もう兄のことはどうでもいいのかって思ってしまったところもある。そんなはずないって、わかってる。好きになった人のことを、忘れるなんてできない」

ああ、と腑《ふ》に落ちる感情があった。

彼の言っていることは、わかる。

奈江は優馬を失っても、生きていかなくてはいけないのだ。

だから、彼女がほかの誰かと結婚するというのなら祝福する。

——でも、優心さんにとっては、大事なお兄さんを置き去りにされる気がしたんだ。

「だから、あの人にはこれから先、兄貴に縛られずに生きてほしいって思ってる。だけど、やっぱり少し寂しいと思ってしまったのが申し訳ないだけだよ。ほんとうに、それだけなんだ。俺が好きなのは、芽唯ちゃんだけ。きみしか好きじゃない。芽唯ちゃんだけを愛してる」

「……名前」

「ん？」

「わたしの名前、呼んで」

「芽唯ちゃん？」

「そう、じゃなくて」

彼が芽唯をかわいいと言うたび、嬉しい気持ちと同時に子ども扱いされている気がしていた。

だから、大人っぽい奈江に強く嫉妬している面もあるのかもしれない。

「芽唯、好きだよ」

「……そっちが、いい」

「ちゃん、駄目？　かわいいけど」

「かわいいじゃなくて、ちゃんと大人の女性として見てください。わたし、二十五歳です。優心さんが社長になったときより年上なんです」

そう言った芽唯に、彼がはっとしたように目を伏せた。

二十四歳で社長となったとき、優心もまた年齢で子ども扱いされたに違いない。そのことを思い出させたいわけではないが、年長者から子ども扱いされる悔しさは知っているだろうから。

「芽唯」

「はい」

「芽唯、好きだ」

「わたしも、好きです」

「絶対、離したくないよ」

ぎゅうう、と強く抱きしめられているのに、心が嫉妬の鎖から解き放たれていく。

自由に彼を愛していい。

それが、何より嬉しかった。

優心は、そのあともぽつぽつと優馬と奈江の過去を話してくれた。

奈江は、もともと優心も子どものころから知っている人で、ずっと優馬に恋してきたそうだ。

そんな彼女のことを、優心は応援していたのだという。

やっと優馬と奈江がつきあうことになったときは、三人でパーティーをしたほどだというから、応援具合も半端ではない。

ふたりとも、花木優馬という男性を大切にする親友だったのだ。

優馬亡きあと、奈江はずっと縁談を断っていた。

彼女は、七年もの間、夭逝した婚約者を愛してきた。

そして、昨年十一月。

久しぶりに奈江から優心にメールが来た。メッセージアプリのアカウントを知らないから、昔のメールアドレス宛に連絡が来たのだ。

この数年、彼女を支えてくれた男性と結婚する、と書かれていた。

優心はその連絡を受けた時期に、夜の公園で芽唯と出会ったのだ、と言った。

「じゃあ、初尾さんに会うと少しつらくて、少し泣きたくなるって……」

「兄貴はもういないんだと、思い知らされる。それだけのことだ。過去の痛みだよ。感傷と言ってもいい」

だから、彼は兄との思い出を追いかけて夜の公園に来ていたのか。

「……わたし、優心さんのことを考えると、少しつらくて少し泣きたくなるんです」

「え、待って。俺は、芽唯をつらくさせてる？」

「そうじゃなくて、好き、だから」

彼のことを想うほど、せつなくて苦しくて。

だけど、ほんとうはそれ以上に――。

「好きだから、幸せで嬉しくて、どうしようもなくて、泣きそうになるんです……っ」

「だったら、ずっと俺といて。俺の隣で笑っていてよ」

「優心さん……」

「俺は、芽唯がいなかったらまたひとりだ。芽唯だけが、俺を見つけてくれた。あの公園で、あの日会えたのは俺の人生にとって大きなターニングポイントだった。きみがいてくれるから、笑えるんだ」

深くくちづけて、互いの体をぎゅっと抱きしめ合う。

「……ごめん、汗だくだったから、あんまりくっつかないほうがいいってわかってる」

「平気です」

「汗臭くても嫌いにならない？」

「臭くないですよ。でも、もし汗臭くても嫌いになんかなりません」

「よかった。俺も、芽唯が無人島に漂流して一カ月お風呂に入れなくても嫌いにならないから」

「な、なんですか、そのたとえ！」

「どこにいても、何をしていても、芽唯が好きって意味だよ」

「そんなのやです。無人島になんて行きません！」

「どこにも行かないで。俺のそばにいて」

「……はい」

重なる互いの胸から、心音が半拍ずれて聞こえてくる。

どれほど想っていても、心が完全に重なることはない。心臓だって同じだ。

愛することは、幸福で。

愛されることは、相手の心の中に居場所をもらうこと。

だが、愛しても愛しても、人はひとりだから。

「——だから、一緒にいるんですね」

「ん？」

「ふふ、なんでもないです」

「教えて、なんの話？」

「教えない。わたしの、心の話だから」

もう一度キスをして、ふたりはゆっくりとベッドに倒れ込んだ。

「……ごめん、芽唯」

「どうして、謝るんですか？」

「きみを苦しませたこと、それから——」

ブラウスのボタンが、上から順番にはずされていく。

「まだ風邪が治っていないのを知ってるのに、抑えられないんだ」

「……わたしも、優心さんがほしい、から」

「そうやって、いつも俺を甘やかす。駄目なときは駄目って言っていいんだよ」

「ダメって言ったら、やめちゃうんですか？」

「ごめん、やめられそうにない」

目を合わせ、どちらからともなく笑い声が漏れる。

「今は、ということで。普段は、もう少し理性的でいられるよう努力する」

――もっと理性なくしてくれても、いいんだけどな。

芽唯がそう思ったのは、秘密にしておく。

たぶん、彼の言う「ごめん」が好きだから。

「だから、今日はさんざん感じさせると思うけど、ごめんね？」

「え、あ、あっ……!?」

――待って。そのごめんは、ちょっとどうでしょうか！

服を脱ぎ捨てた優心が、芽唯の鎖骨にくちづけた。

今年最初の甘い時間に、体が敏感に反応する。

「んっ……、優心さ……ぁん……」

「芽唯の体、どんどん俺に馴染んでいくみたいだ。まだキスしただけなのに、そんなかわいい声で誘っていいの？」

「だって、早く……」

あなたを感じたいから——。

その言葉に、彼は天を仰ぐ。

「……誘ってるというか、もう完全に俺を翻弄してるね、きみは」

「し、してません」

「してる。誰に仕込まれたんだ」

「それは、優心さんしかいないって知ってますよね」

「ああ、俺のせいで芽唯がどんどんいやらしく魅力的になる。困ったなあ」

ぜんぜん困ってなんかいない言い方で、優心が笑った。


ベッドの上に両手をつき、枕に顔を押し当てる。

そうでもしないと、声を我慢できそうになかった。

「んっ……、ぅ、う……」

何度も最奥を突き上げられ、甘濡れの粘膜がせつなくうねる。

優心の雄槍は、すでに一度果てたあととは思えないほどに強く、逞《たくま》しく、狂おしく芽唯を求めてきた。

――もう、おかしくなる。おかしくなっちゃう……！

まだ彼とつきあうよりも以前、あれはたしか大学生のころだ。

友人が、言っていたことを思い出す。

『仲直りえっちが、いちばん燃えるでしょ』

当時は経験がなかったので、想像が及ばなかった。

――だけど、ほんとうかも。

「ああ、芽唯、もっと……」

背後で膝立ちになり腰を振る彼は、ばちゅばちゅと音を立てて芽唯を責め立てる。

その欲望が、芽唯をいっそう感じさせると知っているのだろう。

「んん……っ、ぅ、もぉ、ダメ、また……っ」

「また、イキそう？」

「ん……」

「だったら、いったん休憩しようか？」

――え⁉　どうして？

びく、と体をこわばらせたところで、彼が劣情を一気に引き抜く。

「ああっ……！」

枕から顔を上げてしまい、芽唯は慌てて唇を噛《か》んだ。

「どうしたの？　駄目なんでしょう？」

意地悪な声が、芽唯の耳元で甘く誘う。

ほんとうは、もっとほしい。

その言葉を、彼は待っているのだ。

「……優心さん、って……」

「うん」

「実は、意地悪ですよね……？」

「俺が？」

さて、どうかな、とばかりに彼はひたいの汗を拭った。

芽唯は仰向けに態勢を変えて、彼を見上げる。

均整の取れた体は、美しくしなやかな獣を思わせる。

じっと見つめていると、切れ長の目が細められ、優心は芽唯の下腹部に手を置いた。

「や、お腹、さわらないで」

「すべすべして、気持ちいいよ」

「ぷにぷにだから、やだぁ……」

感じやすい場所に触れられるのは、まだいい。

だが、腹部は違う。

引き締まった優心の体とくらべると、芽唯の体はどこもかしこもやわらかい。

「そう？　俺からすると、芽唯はもっと食べたほうがいいと思うんだけど」

言いながら、彼は軽く腹部を手のひらで押し込んでくる。

「ひゃっ」

性感帯でもないのに、おかしな声が出てしまった。

慌てて両手で口をふさぐ。

――そんなところをさわられて、わたし、どうして……？

「ねえ、芽唯」

ふっと笑った彼は、脚の間に腰を押しつけてくる。

「ここ、いつも俺のが入ってるあたりだね」

「……そ、そう、かも……」

「じゃあ、中と外、両方から刺激したらどうなるかな？」

意味がわからず、芽唯は黙り込んだ。

「うーん、わからないなら、まずは試してみよう」

「あ、あっ……！」

一度はおあずけされた隘路《あいろ》に、彼の熱が打ち込まれる。

ず、ずぐ、と狭隘な部分を押し広げ、優心がひと息に深部に到達した。

息ができないほどに、彼のものが最奥を押し上げている。

「ここが、芽唯のいちばん奥。俺のは、このあたりか」

切っ先が子宮口に当たる部分を、薄い腹部の皮膚の上から彼が手のひらでなぞった。

「ぇ……、あ、あっ……何……？」

腰の動きに合わせて、優心の手がぐう、っと芽唯の子宮を上から押す。

強制的に亀頭と子宮口でキスさせられるような、異様な感覚が襲ってきた。

「奥が吸い付いてくる。ねえ、芽唯、わかる？」

「や、ぁ……ッ、ヘン、なの。これ、やだ……っ」

「嫌？　おかしいな。芽唯の中は、いつもよりきゅうきゅう締めつけてくるよ」

蜜口が、せつなく疼いていた。

濡襞が彼に絡みつく。腹部を押されると、いっそう体が彼を求めてしまう。

「や、やだ、感じる、感じちゃうから、許して……っ」

「おかしな芽唯。感じてくれなくたって、俺はいつでもきみを許すよ。ただ、もっと感じてほしいだけだから、ね？」

だから、いくらでも感じていいよ——。

甘やかな声は、芽唯を絶頂へと導いていく。

いつもよりすぐに、果ては訪れた。

「あ、あっ、イッ……ちゃう……！」

「くっ……」

きゅうう、と体の内側が優心にすがりつく。

入り口から奥へかけて、粘膜が蠕動《ぜんどう》して彼の遂精をうながしているようだ。

「はは、かわいいなあ。芽唯のイクときの声、大好きだよ」

――え、優心さん、まだイッてない……？

「わ、たし……だけ……？」

「ん？」

「優心さん、まだ……満足、できてな……あ、あっ」

「そうなんだ。だから、もう一度このまま一緒にイってくれる？」

「や、待って、すぐは……っ」

「イッてる芽唯の中、いっぱい感じさせたい」

「ムリ、ぁ、ああっ」

もう、腹部を刺激されなくとも芽唯の体は彼を咥え込んで自分から腰を振っている。

優心が強く抱きしめてきて、身動きすらできない。

――ダメ、こんな、抵抗できなくて……。

「ああ、出そう。芽唯、もう出していい？」

「んぅ……っ、あ、わたし、も……」

「イキそうなんだね。嬉しいよ」

「ああ、あ、あっ……！」

達したばかりの体が、次の果てへと押し上げられる。

芽唯の中で、劣情がひときわ大きく張り詰めた。

最奥を斜めに押し上げる亀頭は、はちきれんばかりに膨らんでいる。

避妊具越しでもわかるほどに、太幹が脈を打って——。

「イ、ク、イク、イッちゃうぅ……！」

「は、ああ、芽唯、俺も……っ」

ふたりの呼吸が室内に、みだらに響いている。

どくん、どくん、と心音が聞こえた。これは、彼の、それとも自分の……？

「っ、く……」

吐精の最中すら、優心は腰の動きを止めなかった。

まるで芽唯の中をあやすように、彼はずっと抽挿を続けている。

「優心、さ……ん……？」

「このまま、もう一回したいところなんだけど」

——嘘でしょ？

「さすがに、芽唯の体が心配だから、このあたりでやめておくよ。ごめんね、つらくなかった？」

「……き、もちよかった、です……」

「それならよかった。俺も愛してるよ」

「え、なんか、会話が嚙《か》み合ってないような……」

「愛してるから、気持ちいいんだ。だから、芽唯が感じてくれるのは、俺を愛してくれている証拠だと思ってる。そうだよね？」

優しくて、ときどき意地悪で、だけどどうしようもなく甘え上手で、ギャップだらけの彼に、芽唯は恋をしている。

「…………優心さんの、いじわる」

「大好きだよ、芽唯」

「わたしも、大好き……」

「今年の俺の目標はね――」

きみに、プロポーズすることだよ。

そう言って、優心は甘く微笑んだ。

「それって目標というか……プロポーズ予告、ですよね？」

「ホームランを打つよりは難しくないと思う。問題は、芽唯に同意してもらえるかどうか」

「あああ、あの、待ってください。それ、ぜんぜん予告じゃないです。もう、ほぼプロポーズです！」

「だとしたら、今年の目標をもう達成したことになるな。とりあえず、芽唯は覚悟だけ先にしておいてくれればいいからね」

芽唯の好きな人は、たくさんの顔を持っている。

だが、人間は多面的な存在だ。

見えているのがどの面か、光が当たっているのがどの面か。

——でも、優心さんのギャップって、いろいろありすぎなんですけど！

そう言ったら、きっと彼は「そこも好きって言ってくれたら嬉しい」と笑うのだろう。

・・・・・・┃・・・・・・・・・・・┃・・・・・・

一月も終わりに近づき、芽唯は仕事帰りにドラッグストアへ足を向けた。

——もし、そうだったらどうしよう。いつもちゃんと……ちゃんと、着けてたはずなのに。

それは、かすかな予感と戸惑いと、言葉にできない感動を含んでいる。

先月後半、予定時期に月経が来なかった。

月経前不快気分障害らしき症状はあったから、いろいろと生活の変化で遅れているのだろうと思い込んでいたのだが、あれからもう一カ月が過ぎる。

いまだに、その気配はないのだ。

気になってその手の情報が掲載されているサイトを見たところ、実際に妊娠発覚前に芽唯と同じく心身の不調を感じる女性が少なくなかった。

下腹部の痛みや、精神的な不安、緊張、抑うつなど、体は心と同調している。

——だからって、かならずしもそうってことにはならないと思うけど……。

検査をして、違っていればそれでいい。

月経不順くらい、今までにも何度か発生したことがある。

すでに解決したことではあるが、優心と奈江の関係について精神的に参っていたのが影響しているとも考えられる。

——でも、とりあえず検査をしよう。

優心には、まだ話していない。

つきあい始めて一カ月強。しかも相手は、芽唯にとって初めての恋人だ。

それなのに不安を強く感じずにいられるのは、プロポーズ予告のおかげかもしれない。

——もし、そうだったとしたら、きっと優心さんは喜んでくれる。

購入した検査キットを、自宅で開封するときはさすがに緊張した。

そして、結果を見たときは——。

「……ほんとうに？」

検査キットの結果を連絡すると、彼はすぐにマンションへと駆けつけてくれた。深夜一時のことだった。

「嘘はついてないです。ただ、病院で調べないと確定ということにはならないみたいです」

まだ、どこか他人ごとのように話してしまうのは、芽唯にとっても夢のような出来事だから。

「芽唯、ほんとうの、ほんとうに？」

彼が、両手で芽唯の手を握りしめる。

喜んでくれるはず、と思っていたが、彼の声はかすかに震えていた。

――え、どうしよう。優心さん、もしかして……。

「ありがとう、芽唯。お願いです。俺と結婚してください」

顔を上げた優心は、両目に涙をいっぱいためていた。

「優心、さん」

「きみと一緒に、家庭を作りたい。子どもの父親として、一緒に育てていきたい。でも何より、きみのことを愛してる」

ああ、また、と芽唯は思う。

また、知らない優心に出会った。

これから先、どんな彼に出会えるんだろう。

「わたしも、優心さんを愛してます。なので、いつか優心さんと結婚できたらいいなって思います、けど」

「けど!?」

笑顔から一転、彼は驚愕《きょうがく》に目を瞠る。

「ちょっと先走りすぎなので、まずは病院に行きます。前もって話したのは、もしそうだった場合、優心さんには父親の権利があるから、です」

「……芽唯は、俺が思うよりリアリストなのかもしれない。それはそれで魅力的だね」

涙目で微笑む彼に、胸がきゅんとして痛くなった。

「優心さんほどのギャップは、持ち合わせてないですよ？」

「あ、それはさておき、指輪はどうしようか。一緒に見に行こう」

「えーと、聞いてますか？」

「病院も、できたら同行したいんだけど」

「優心さーん！」

ほんとうは、検査結果がわかったとき、芽唯も感動して泣いてしまった。

好きな人の子どもが、自分の中に息づいている。

まだ確定ではないとわかっていても、その可能性だけで涙があふれた。

――だから、優心さんの気持ち、すごく嬉しかったよ。

「俺は、芽唯が妊娠しているかもしれないから結婚を申し込んだわけじゃない。もっと前に、プロポーズ予告をしていたのを忘れないでほしいな」

「……なんで突然、上からなんですか？」

「芽唯が、子どもができてなかったら結婚してくれそうにない感じだからだよ」

つまり、彼は少し拗ねているのだ。

「ふふ、それはどうでしょう。わたしは、こう見えても優心さんのことが大好きなんですよ？」

「……っ、今の、もう一回聞かせて」

「そうですね。いつか、結婚するときに」

「俺、一生きみに翻弄されていたいよ」

確定が判明するのは、二月の初旬。

その週末には、優心は西東京市の芽唯の実家に挨拶に来た。

お嬢さんと結婚させてください、と言う彼の表情は、極上の笑顔だった。

・・・・┃・・・・・・・・┃・・・・・

「わあ、桜がきれい……！」

四月最初の日曜日。

花木芽唯は、ローヒールのパンプスでガーデンウエディングの会場にいた。

といっても、これは芽唯自身の結婚式ではない。

三月に入籍を済ませ、職場の先輩たちから祝福されつつも、芽唯は部署異動の申請をした。

花嬉グループは、社内恋愛もなんなら社内結婚も問題にならない。だが、結婚した場合は同じ部署にはいられないのがルールだ。

社長と秘書は、部署云々《うんぬん》の問題にはならないけれど、やはりそこは暗黙の了解がある。

担当替えだけでもいいのでは、と先輩秘書の由香里は言ってくれたが、社長夫人に秘書を頼むのはほかの役員だってやりにくいかもしれない。

なので、現在の芽唯は広報部の社内報担当となった。

もともと秘書になりたくて入社したわけではない。秘書の仕事は楽しかったが、新しい部署もやりがいを感じる。

「塚原さんがいなくなるのは寂しいわ」

「朝日さん……！　あの、ところで前から気になっていたんですけど、もしかして朝日さん、わたしが社長とつきあってるの、気づいてました……？」

「うすうす、ね」

どうしてバレたのか。

香織は、「ふたりを見ていたら、なんとなく」と笑っていたけれど、そんなにわかりやすかったのだろうか。

朝日香織という先輩は、いつだって丁寧なおしゃれをしていて、仕事面でも前に出過ぎないけれど有能で、そこはかとなく謎に包まれている。


ふわり、ひとひらの花びらが落ちてきた。

左手を伸ばしてつかもうとしたけれど、桜の花びらは芽唯の指の間をすり抜けていく。

その手に、結婚指輪が光っていた。

「桜より、芽唯がきれいだよ」

「……あの、優心さん。こういうところでは、やめていただきたく……」

「どうして？　ほんとうのことなのに」

幸せそうに微笑む彼は、芽唯とお揃いの指輪をちらりと見せつけてきた。

——結婚しているからって、ところ構わずいちゃついていいというわけじゃないんですよ。

しかも、今日は奈江の結婚披露宴に招待されているのだから、なるべくおとなしくしていてほしい。

芽唯はただの一般人だが、優心はメディアにも顔を出す企業人だ。業界最大手の若き帝王と呼ばれる彼が、ひとさまの結婚披露宴で妻といちゃついていたなんて、どこかに書かれたら大変である。

「こほん。……そんなことより、奈江さんすてきでしたね」

咳払《せきばら》いをひとつして、芽唯は話題を切り替えた。

最初こそ、勝手に誤解をしてしまったが、彼女は印象どおりとても温和で魅力的な女性だった。

優心が芽唯を紹介したときには、涙を浮かべて喜んでくれたものだ。

奈江にとっても、優心は弟のような存在なのだろう。

優馬が亡くなっているからなお、優心の結婚が嬉しいと彼女は祝福してくれた。

芽唯が昔、優馬と会ったことがあると話したときは、

「優馬さんって、そういうところがあったの。ふふ、おかしいわよね。普通は、日の暮れた公園で小さな女の子に話しかけたら変質者と誤解されそうなのに」

上品で清涼感のある笑い声を聞かせてくれたのも記憶に新しい。

「兄貴は、誤解されてもいいから放っておけないってタイプだったから」

「わかる。そういうところ、好きだった。優しくてお人好しで、とっても誠実な人だった」

好きだった。

彼女の中で、優馬はきちんと過去になっている。

だから、今日、奈江は結婚するのだ。

「お幸せに、奈江さん」

「ありがとう。優心くんも、芽唯さんも、お幸せにね」

ブーケを差し出され、芽唯も感動で涙ぐむ。

実際はもう入籍しているのだが、心配性の優心は結婚式、披露宴については出産後と譲らない。

——お医者さまからも、安定期なら問題ないって言われてるのになあ。

「ほんとうは、仕事だってしなくていいと思ってる。だけど、芽唯が続けたいというのを辞めてくれとは言えないからね」

「優心さんって、ときどき……」

「うん？」

「ときどきじゃないかも、いつも、かなり、過保護ですね？」

「ははっ、褒めてくれてありがとう。俺は芽唯に関しては、超過保護の方針だよ」

とりあえず、愛されているのは確実で。

芽唯は、ギャップだらけの夫と幸せな毎日を暮らしている。

・……━……・……━……・

奈江の結婚披露宴からの帰り道、久しぶりにふたりは夜の公園に立ち寄った。

当然、超過保護を自認する夫からは、ブランコ禁止令が出ている。

「これからは、夜に隠れてブランコに乗るんじゃなく、昼の公園に一緒に行けるようになる」

「そうですね」

「芽唯が望んでくれるなら、子どもは何人でもほしい。俺はけっこう、いい父親になれるんじゃないかと思うんだ」

「たしかに、優心さんはいいパパになりそうです。……ちょっと過保護かもしれないけど」

「ん？　なんて？」

「いいえ、なんでもないですよ」

これまでにも、彼のギャップをいくつも見てきた。

――パパになったら、また違う顔を見せてくれるんだろうな。

今から、楽しみで仕方がない。

「子どもが生まれたら、もうブランコは乗らないんですか？」

「え、乗りたいけど」

「だってさっき、ブランコに乗るんじゃなくてって」

「それは、夜限定じゃなくてもよくなるって話だよ」

「ああ、ほんとですね！」

「芽唯は、ママになってもきっとかわいいんだろうな」

「わからないですよ？　すっごいモンペになるかもしれません」

「芽唯が？」

「はい。優心さんといてわかったんですけど、わたし、愛着の強い人間かもしれないから」

「それは、興味深いな。俺のことならいくらでも愛してもらいたいけど」

「足りませんか？」

「足りていると言ったら、おかわりがもらえなくなりそうで」

冗談めかして、彼が笑った。

夜桜が、公園の照明に照らされている。

見上げた先、風が花を散らす。ざああ、と音を立てて枝が揺れた。

「ありがとう、芽唯」

同じ方向を見つめる優心が、静かに礼を言う。

「それは、なんのありがとうなんですか？」

「俺に家族を作ってくれたこと。それから、俺に愛されてくれること」

「……お礼を言われることじゃ、なくないかな、と」

「まだある。俺を、愛してくれてありがとう」

彼は、孤独な幼少期を過ごした。

たったひとり、心を許した兄は若くして亡くなった。

それから、またひとりぼっちになって、会社を大きくすることだけに力を注いで生きてきた。

「きみがいなかったら、俺はきっと誰にもほんとうの自分を見せられないままだったよ」

「そんな、こと……」

春の夜空に月、桜は公園の砂に落ちる。

どこかから、カレーのにおいがしていた。

「わたしも、優心さんに出会って初めてちゃんと恋をしました。だから、ありがとうございます」

「……それは、なんだか嫌だな」

「え？」

「初めてってことは、二度目も三度目もありそうだ」

「ありませんよ。結婚したじゃないですか！」

「そうだね。じゃあ、二度目の恋も三度目の恋も、相手は俺にしてくれる？」

月を背負って笑う彼は、芽唯に向かって両腕を広げる。

「ごめんなさい、わたし、恋はもうしないって決めてるんです」

「ええっ」

「心から愛する人と結婚したので、恋はじゅうぶん足りています。ご期待に添えなくて、申し訳ありません」

にっこり笑った芽唯が、彼の胸に抱きついた。

「ああ、あのころと同じだ」

「あのころって？」

「芽唯の笑顔に、俺が落ちた日のことだよ」

そんな話は初耳だ。

「詳しく聞かせてもらいたいです」

「じゃあ、マンションに帰りがてら話そう。春とは言え、夜は冷える」

ふたりは、月影の道を手をつないで歩いていく。

どこにでもいる、幸せいっぱいの新婚夫婦だ。

だけど、ふたりで見つけたこの愛は、ほかのどこにもない。唯一無二の、ふたりの未来につながっている。

「俺が芽唯の笑顔に釘付《くぎづ》けになったのは、今から四年前の――」

いつか、ふたりきりだったこの日々を懐かしく思うだろう。

来年の今ごろは、かわいい我が子と三人で暮らしている。その先に、さらに家族が増えている可能性もある。

何もかもが変わっていくけれど、恐れる気持ちはなかった。

変化を受け入れるのもまた、家族という形なのかもしれない。

それに、変わらないものだってあると知っている。

愛し合う、この気持ちだけは未来永劫《みらいえいごう》消えないと、芽唯は心から信じているのだ。

「そんなに前から、優心さんってわたしのことを気にしていてくれたんですか？」

「むしろきみは、俺のことをまったく異性として意識していなかったよね」

「え、えっと、それはその……」

「いいよ。俺のほうがたくさん愛するから、これからも覚悟しておいて」

「待ってください。その言い方、含みを感じます！」

「さあ、どうかな。俺はどうやら、過保護らしいからね」

つないだ手の間に未来を閉じ込めて。

ふたりは、歩いていく。

この先も、ずっと——。

ギャップ、時々、溺愛

クールな社長が私だけに見せてくれる本当の顔

番外編
恋がはじまる前のふたり

★

ルネッタブックス

【六月某日】　芽唯

今日は、梅雨前なのにもう夏みたいな気温。

朝から暑くて、頭がぼーっとする。半袖着てくればよかった……。

でも、秘書課の先輩たちってみんないつもキレイな長袖のブラウスが多い。

先輩たち、体温調整どうなってるんだろ？

お昼に外出て汗かいても、顔にぜんぜん汗かかないの。

メイク直し、必要ありますか～？　って聞きたくなっちゃう。

わたしだけ、ひたいから汗、だらだら。うう、つらい。

芸能人とかモデルとか、撮影のとき、顔は汗かかないって聞いたことある。

秘書にも、そういう特殊能力が必要なのかな。

そういえば、五月から秘書課で朝日さんに専門研修してもらってたけど、明日から実務に入るって言われたんだ。

はー、わたしが秘書？　ほんとに？

まだちょっと信じられない。

誰か偉い人が、配属先を間違えたんじゃないかなあ……。

でも、決まったからにはがんばるぞ。

おばあちゃんのおかげで、お茶を淹れるのだけは得意だしね。

できたら、ご年配の役員担当になってのんびり一緒にお茶飲み友だちみたいになりたいな～、と言ってたら、朝日さんが、うちには年配の役員はいないの、ごめんねって困った顔をしてた。

ＨＡＮＡＫＩは企業としても若いから、役員もみんな四十代から五十代。

おじいちゃんはいなかった、残念。

そもそも社長が、まだ二十代だもんね。何歳って言ってたっけ。二十八歳？　たぶんそのくらい。

採用試験の前から、ＨＡＮＡＫＩの社長の顔はさすがに知ってた。

インターネット業界の帝王って有名だったし。

メディアにもよく出てたけど、顔はいいのに愛想がないなー。

明日、実務、緊張する。

今夜はちょっといいシートマスク奮発しよう。

明日は暑くありませんように！

【六月某日】　優心

六月も半ばを過ぎ、春に入社した新人が研修を終えて実務に入る時期。

秘書課も担当変更があるらしく、課長から相談があった。

今年の新入社員を俺の副担当としてつけたいとのこと。

特に、秘書が誰であろうとこだわりはないので、好きにするよう返答した。

兄さんが亡くなって四年。

この生活にも慣れた。

兄さんに心配をかけないよう、社内では社長らしく振る舞う努力をしているが、だんだんその仮面が自分の顔そのものになってきている。

プライベートの人間関係というものを、ほとんど残していないせいかもしれない。

学生時代の友人たちとは、疎遠になるようこちらから連絡せずに暮らしてきた。

彼らはいずれ、それなりの企業で出世する可能性がある。

そのときに、花嬉の社長としての俺と顔を合わせたら、普段との相違を周囲に話してしまうだろう。

だから、誰とも個人的には関わりたくない。

俺は、この会社を育てるために生きている。

兄さんの遺した花嬉を大きくすること。

そのための養分として、俺はここにいる。

今夜は、余計なことを考えすぎた。

きっと疲れているせいだ。

最近、睡眠が浅い。

疲労が蓄積しすぎると、睡眠に悪影響が出るという。

今夜はゆっくり眠れるといいが、どうだろうか。

【六月某日】　芽唯

朝は晴れてたのに、渋谷駅に着いたら雨。

コンビニで傘を買って出社したんだけど、秘書課の先輩たち、ビニール傘がひとりもいない！

丁寧な暮らしをしている大人の女性は、ビニ傘を使わない。学び。

わたしも、梅雨前に新しい傘を買おう。

と、朝日さんに話したら、今持っている傘を大事にするのが先だと思う、と言ってくれた。

それもそうだなあ、ほんとだなあ、と納得しちゃった。

でも、それでいうと今日買ったビニール傘も大事にしないとダメ？

傘を大事にする、の中にビニ傘を入れるか問題。

わざわざ雑に扱う必要はないので、過不足なく大事にしよう。うん。

朝礼で、今日から先輩と一緒に社長の担当をするよう言われる。

どうして社長？

わたしが社長秘書？

信じられない気持ちだけど、会社がそうしろって言うんだから仕方ない。

社長は冷たくて怖いって先輩たちが言ってるのを聞いてたから不安だったけど、先輩が挨拶に連れていってくれた。

頭の中で、挨拶の言葉をいろいろ考えていたのに、緊張して結婚の挨拶みたいなことを言ってしまった……。

先輩は笑ってくれたけど、社長、完全に無表情だったなあ。

恥ずかしかった。今後は気をつけよう。

でも、アンドロイドっぽいけど怖くはないかも？

わたしはサブの担当だし、しばらくは先輩のお手伝いみたいな感じだから、無理せずがんばろう。

【六月某日】　優心

午前中、雨。運悪く新しい靴を履いてきてしまった。

今日は新しい秘書が挨拶に来た。

誰が来てもどうでもいい気持ちだったけれど、そんなことはないと思い知らされる。

塚原芽唯という今年の新入社員だ。

彼女は挨拶のときにふつつか者ですが末永くお願いしますと、昔の嫁入りみたいなことを言った。

同行していた俺の担当秘書が指摘すると、真っ赤になっていた。

どうしてなのかわからないけれど、新人の笑った顔が頭に残る。

俺にもあんなふうに初々しかったころがあった気がする。

花嬉に入社したばかりのころ、兄さんに連れられて前の本社ビルでいろんな人に挨拶をして回った。

あの新人が、これから俺の副担当になるらしい。

過去の自分を投影して、懐かしい気持ちになった。

問題は、毎回あんな感じで笑いかけられていたら、つい笑い返してしまいそうなことだ。

これから留意しなければいけない。

【八月某日】　優心

お盆明け。最高気温は三十八度。体温よりも高い。

朝から体調がいまいち悪い。

塚原さんのコーヒーを、半分ほど残した。

昼前に、塚原さんが白湯と冷却シートを持ってきて驚く。

体調も感情も顔に出さないようにしていたのに、どうして気づいたのだろう。

お茶が飲みたいというと、カフェインは体調がよくないときやめたほうがいいと諭された。

普段はふわふわしているのに、言うべきことはしっかり言う。

俺はどうにも彼女に目を奪われることが多い。

いつも楽しそうにしていて、秘書課の前を通るとつい気にしてしまう。

夜、帰宅してから発熱。

市販の風邪薬をのんで就寝。

【十一月某日】　芽唯

朝、いつもより一時間早く起きた。なんだか得した気分。

せっかくだから、早く出て渋谷でモーニングしよ！　と思ったのに、調布駅についたらスマホを忘れたのに気づく。

取りに戻ったら、玄関の鍵が開けっ放しだった。

こんなにうっかりしていたら、会社でも失敗しそう……。

なので、今日はすごくすごく気をつけて仕事をするぞって思って出勤した。

先輩が忌引でお休みだったから、社長の会食にも同行した。

今まで、先輩が行ってくれてたから知らなかったんだけど、ランチ懐石ってすっごい豪華！

同行した秘書の分まで別室でごはんが出てきて、そんなことあるのってびっくりした。

松茸の入った土瓶蒸し、幸せな味……。

やっぱり、ＨＡＮＡＫＩの幹部の人たちはおいしいもの食べてるんだな～。

いつか出世したら、わたしも会社のお金で高級ランチを食べられる？

って思ったけど、秘書は出世したら何になるんだろう。

秘書課の課長の、その上がわかんない。

夜、同期の飲み会。

どうして芽唯が秘書課に配属されたのか謎だねってみんなに言われる。

そんなのわたしも知りたいよ！

【二月某日】　芽唯

バレンタインデー♡（誰にもあげてないけどね！）

秘書課では担当している役員がもらったチョコレートを分けてもらえるって聞いてたから、すっごく楽しみにしてた！

自分で買えないような高級チョコ、食べてみたい～。

でも、社長ってチョコレートもらうのかな？

差し出されても受け取らなさそう……？

朝はいつもどおりで、定時直前に社長から呼び出しが来た。

噂の、おこぼれチョコレートかなってわくわくして行ったら、なぜかココアを淹れてほしいと言われる。

社長室の応接セットに、もらいものの高級チョコがあった。受け取るんだ？

ココアを運んでいくと、テーブルのチョコレート持っていっていいと言われた。うれしい！

秘書課に持ち帰って、先輩たちと戦利品をみんなで分配して帰宅。

社長のところにあったチョコ、もらっちゃった。

ショコラ・シャンパーニュ。

ひと粒ずつジュエリーケースみたいなのに入っていて、見るからにお高そう。

口に入れると、体温で溶けるう～！

おいしすぎて、一度にふたつ食べちゃった。

もったいないから、大事に食べよっと！

【二月某日】　優心

朝起きたら、雪が積もっていた。

東京でこんなに降雪があるのは珍しい。

公共交通機関ものきなみ遅れていて、塚原さんは遅刻だった。

昨日は、塚原さんにチョコレートをわたした。

もらいものだから持っていっていいと言ったけれど、実は自分で購入したものだ。

ほかの役員が、もらいすぎたチョコレートを自分の秘書にあげると聞いていたため、参考にした。

彼女がおいしく食べてくれたのか気になったけれど、残念ながら話す機会はなかった。

父からメールあり。

寒いので、いつもより早く就寝。

【三月某日】　芽唯

ホワイトデー☆

せっかくだから、社長にお返しを準備してみた。

でも、あれはもらいものをくれただけだから、お返しはヘンかも？

まあ、いらないいって言われたら自分で飲めばいいので、紅茶の茶葉を買った。

実は昨日、課長に春から社長担当はひとりでやってもらうと言われて、先輩逃げた～と思ったんだけど、わたしは社長の担当そんなに嫌じゃないし、いいかな。

それもあって、少しでも社長との関係をいい感じにしておきたい……。

一応、紅茶を持っていったら、受け取ってくれた。

無表情だし、冷血社長ってひそかに呼ばれてるし、今のところ一度も笑ってるとこ見たことないけど、社長は別に悪い人じゃないんだよね。

持っていった紅茶を淹れてほしいと頼まれたので、少し多めに淹れて自分でも飲んじゃった。

いい香りだし、おいしかった！

ところで、四月になったら新入社員が入ってくる。

わたしも先輩になるのかも。

そのことを話したら、日比野さんから、秘書課は毎年新人が来るわけじゃないと言われた。

じゃあ、なんでわたしだったんだろう？

ほんと、不思議だけどまあ毎日平和だからいっか！

【四月某日】優心

今日から俺の担当秘書が塚原さんになった。

今までも副担当ではついていてくれたが、ふたり体制が終了したそうだ。

昨年、初めて会ったときより彼女はだいぶ落ち着いて、秘書らしい雰囲気になっている。

だが、最初の赤面していた姿や、明るく笑っていた顔が忘れられない。

彼女が毎朝淹れてくれるコーヒーが好きだ。

要領がいいタイプではないけれど、努力している姿がまぶしい。

この気持ちを伝える日は、来ないかもしれないけれど。

ありがとう、塚原さん。

あとがき

こんにちは、麻生ミカリです。ルネッタブックスでは七冊目となる『ギャップ、時々、溺愛クールな社長が私だけに見せてくれる本当の顔』をお手にとっていただき、ありがとうございます。

今回、プロットのときに仮でつけていたのが、そのまま採用となったタイトルです。基本的にタイトルは、原稿が上がってから担当さんや編集部と相談して決定になることが多いです。いつもいろんな方のお力で、ステキタイトルをつけていただいています！

さて、本作はタイトルからもわかるとおり、ヒーローの優心がギャップ男子という設定です。すでにご存じの方もいらっしゃるかもしれませんが、わたしはギャップのあるキャラクターが大好きです。優心は、理由があってギャップを演じているタイプではありますが、書いていてとても楽しかったです。

イラストを描いてくださったのは、芦原モカ先生。ありがとうございます。明るい芦原先生の絵を拝見していると、物語を感じさせてくださるなあ、といつも感じます。イラストもしっとりしたイラストも、目を奪われる……！

ステキなカバーイラスト、ぜひ皆さんもじっくりご覧になってくださいね。


最後になりましたが、この本を読んでくださったあなたに最大級の感謝を込めて。

この本が発売されるのは、十一月。晩秋の時期となります。読書の秋に、拙著をお選びくださったことが嬉しいです。

わたしは物語を書くのが大好きですが、それと同じくらい物語を読むのも好きです。この一冊が、あなたにとってちょっとした箸休めになれますように。

またどこかでお会いできる日を願って。それでは。


秋、幸福な積読タワーを眺めながら　麻生ミカリ

ルネッタブックス

ギャップ、時々、溺愛

クールな社長が私だけに見せてくれる本当の顔

2024年11月25日　第１刷発行　定価はカバーに表示してあります

著　者　**麻生ミカリ**　©MIKARI ASOU 2024
発行人　鈴木幸辰
発行所　株式会社ハーパーコリンズ・ジャパン
東京都千代田区大手町 1-5-1
04-2951-2000（注文）
0570-008091　（読者サービス係）

印刷・製本　中央精版印刷株式会社

ISBN978-4-596-71728-3

※この作品はフィクションであり、実在の人物・団体・事件等とは関係ありません。